長嫂好會算

下

風文創 1228

藍輕雪 著

風 文創 1228

目錄

第三十五章

不過如今再看，梅昌振就覺得是自己想太多了，衛繁星這個人只不過是不太擅長交際罷了。

也是，平日看李嬌嬌和衛繁星親近，更多的是李嬌嬌特別熱情。相較之下，衛繁星不過是禮貌回應。

意識到這就是衛繁星的處事態度，並非單純針對他一個人，梅昌振心裡那點彆扭和不愉快便散去，也不再處處看衛繁星不順眼，反而主動示起了好。

其中，就涉及幫衛繁星家裡的兩個小姑娘說親。

初時聽聞梅昌振要為紀佩瑤和紀佩芙說親，衛繁星直接就懵了。

這要是換了別人，也沒什麼好稀奇的，可梅昌振瞧著那麼高高在上的模樣，竟然還關心起這種兒女親家的閒事了？

「我就是隨口一說。正好我家有幾個子姪輩還不錯，問問妳家兩個姑娘有沒有意願認識一下？要是沒有緣分走到一塊兒，也沒關係，不必放在心上，也毋須覺得不自在。」梅昌振是真的有心張羅，誠意十足，態度也特別好。

「那我回去問問我家兩個姑娘。」

到底是終身大事，若真有緣分，衛繁星不想紀佩瑤和紀佩芙白白錯過。

沒辦法，衛繁星有自知之明，雖然人在糧站上班，但她並不是太喜歡到處應酬和交際，能熟悉起來的人脈和關係著實有限，相對能幫忙介紹給紀佩瑤和紀佩芙的年輕人選也就不多。

眼下，梅昌振這個總帳房願意幫忙牽線搭橋，試一試也無妨。

「成，也不急，先看兩個姑娘自己的意願。若有，我就張羅；實在沒有，就當我什麼也沒說過。」

梅昌振是見過紀佩瑤和紀佩芙的。

說真心話，兩個姑娘容貌出色，脾氣和性子也各有特色，他還是很看好的。

雖說家中父母雙亡，或許會被一些人家質疑，但有衛繁星這個會計大嫂在，實打實地加分。梅昌振就很願意把自己的子姪介紹給紀家當女婿，而且是求之不得。

「好，那就麻煩總帳房了。」衛繁星點點頭，神色認真地道了謝。

眼瞅著衛繁星竟然還跟梅昌振說起了要當兒女親家的事情，李嬌嬌才剛回轉的情緒再度變化，心下越發不是滋味。

明明一開始，她跟衛繁星的關係要更加要好，卻從未聽衛繁星說起過要彼此當兒女親家的事情。

現下換了梅昌振，衛繁星就應答得甚是痛快，不再是之前「家中弟弟妹妹還小，不急」之類的說辭。

說到底，還是看不上她這個副總帳房吧……

並不知道李嬌嬌再度生出來的芥蒂，衛繁星一回家，就跟紀佩瑤和紀佩芙提起了此事。

「我不說親。」

出乎衛繁星意外的是，率先拒絕的人竟然是性子溫柔的紀佩瑤。

而且紀佩瑤的理由十分正當，顯然是早就想好了的。

「我如今跟人說親，頂著的是油坊的活計，人家肯定高看我一眼。可油坊的活計日後是要還給三姊的，到時候肯定會生出諸多埋怨。與其以後再生分，不如一開始就不要讓人誤會。」

「我也不說親。我現下才只是臨時工，萬一人家瞧中的是我在府衙後廚的身分，哪日我被退回家，豈不會遭人嫌棄？」有樣學樣，紀佩芙立馬跟上，義正辭言地說道。

「妳們的想法有一定道理，顧慮也是對的。」先是朝著紀佩瑤和紀佩芙點點頭，肯定了她們的顧慮，衛繁星下一刻又給出不一樣的立場。「但換一個角度，如果一開始妳們跟那人說清楚，人家也認可咱們家的安排，接受妳們日後有可能發生的改變，並且付諸行動，最終也兌現了承諾，豈不證明對方品性正直可靠，為人有擔當，值得託付終身？」

「真要像大嫂說的這樣，那人確實不錯。可沒必要啊！我年紀還小，也不急著嫁人，做什麼說一門親事還要賭一賭那人日後的品性？萬一那人現下跟我說得好好的，什麼都依我的，以後又變卦了呢？我耗費幾年的時光，最後換來的是那人的不守承諾，太不值當了。」紀佩芙撇撇嘴，大道理一套又一套的。

「我也覺得不需要耗費這些精力。人心善變，也或許如今確實是真心實意接受咱們家的安排，也認可我的想法和決定，可真等日後我沒有活計的那一日到來，肯定心下還是有落差的。將心比心，還是別為難和勉強人了。」紀佩瑤搖了搖頭，說著又笑了笑。「而且三妹再有兩年就回來了，很快的。」

「被妳們這一說，倒也是。佩琪兩年後回來，妳倆也就十八、九歲，完全不用急著說親。」

衛繁星本人其實不贊同早婚早孕，但時代不同，她不可能故意逼著紀佩瑤和紀佩芙都聽她的。

所以，她會將機遇告訴這兩個姑娘，至於要怎樣選擇、最終又是怎樣的結果，都看紀佩瑤和紀佩芙自己的想法。她會適當地給出建議，但並不會幫著她們做決定。

而目前看來，這兩個姑娘都意外地清醒和冷靜。最起碼在衛繁星眼裡，都是極好的。

「說親？誰要說親？」紀彥坤才剛回到家，就聽到衛繁星最後兩個字，想也沒想問出聲來。

「肯定不是給你說親。」紀佩芙回過頭，習慣地懟道。

「那是必然。我才十一歲，小著呢！」紀彥坤驕傲地昂起頭，樂呵呵地說道。

「小什麼小？好多人家十三、四歲就開始說親了，提早一、兩年相看也是有的。喏，就是你這麼大的時候。」紀佩芙輕哼一聲，實話實說。

「那是別人家裡，又不是咱們家……」紀彥坤說到一半，忽然瞥見衛繁星和紀佩瑤都笑盈盈地盯著自己，忽然就心生警惕，不敢置信地往後倒退好幾步。「不是吧？妳們真要給我說親？」

「瞎嚷嚷什麼呢？沒你的事。」一看紀彥坤真的信了，紀佩芙又好笑又好氣。「從大往小排，輪也輪不到你。」

「那就是給三姊……啊，不是，三姊不在家。那就是給四姊說親了？」

紀彥坤話音尚未落地，紀家大門口就站了一個人，正好將紀家的動靜都納入眼底、聽在耳裡。

「賀總捕快。」紀佩瑤率先看到人，出聲打招呼。

賀鳴洲站在原地沒有動，手中提著的禮盒尤為顯眼。

「老大？你怎麼來了？」好奇地看著賀鳴洲，紀彥坤小跑著迎了上去。

「家裡送來的。」到了嘴邊的話語嚥了回去，賀鳴洲將手中的禮盒遞給紀彥坤。

「什麼呀？」紀彥坤也不客套，接過禮盒就當場拆開了。

緊接著，他的臉就皺了起來。「都是姑娘家的啊……」

紀彥坤動作大，這一打開，衛繁星她們都看清楚了禮盒裡裝的東西。一時間，紀家院子裡的氣氛就有些安靜了。

賀鳴洲的視線掃過眾人，在某個方向明顯頓了頓，方才解釋道：「家中長輩感念紀家諸位在鳳陽城對賀某的照顧，小小心意。」

照顧賀鳴洲？衛繁星很識趣地收回了視線。

跟她沒什麼關係。

紀佩芙也是一樣的反應，直接推了推身邊的紀佩瑤。「四姊，都是送給妳的。」

猝不及防被點名，還是當著賀鳴洲的面被點名，紀佩瑤的臉倏地通紅，急忙擺手。

「不，不是……」

「肯定是的啊！咱們家就四姊給老大做了吃食，勉勉強強也算是『照顧』了。」紀彥坤向來心直口快，此刻也不例外。

「真不是，我……」紀佩瑤並不擅長應對此刻的情況，明顯慌亂了起來。

「三位都有。」就在這個時候，賀鳴洲開了口。

有人解圍，紀佩瑤不由地鬆了口氣，朝著賀鳴洲投去感激的目光。

「真的啊？也有我的嗎？」有禮物收，紀佩芙自然是高興的，就是有些名不正言不順，難免心虛。

「好像真的是三樣東西。兩套衣裙，還有一個小木匣。」紀彥坤翻了翻手中的禮盒，說道。

「那就是兩套衣裙，我和四姊一人一套，小木匣給大嫂的。」紀佩芙想也沒想，給出答案。

「不是。」反駁紀佩芙的卻是賀鳴洲。

隨即，在紀家幾人疑惑的注視下，賀鳴洲的聲音緩慢卻堅定。「木匣是給四姑娘的。」

「我和大嫂一人一套衣裙？」紀佩芙揚聲問道。

這般分配，是不是出錯了？

「佩芙！」此情此景，衛繁星再看不出來，就很沒眼力了。

被衛繁星這麼一喊，紀佩芙還沒說出口的那些話語就中斷了。

賀鳴洲也是在這個時候，禮數周全地告辭離去。

「小七，把禮盒拿過來。」

目送賀鳴洲走人，衛繁星朝著紀彥坤說道。

「來了！」紀彥坤點點頭，樂顛顛地跑進堂屋。「大嫂，這兩套衣裙還挺好看，咱們鳳陽城好像沒有這種款式的。」

紀彥坤成日在街上巡邏，各個方面的細節都要多加注意，漸漸就把眼力練出來了，很多事情也比以前知曉得多。

像賀鳴洲送過來的這個禮盒，一看就價值不菲，兩套衣裙肯定也貴。

第三十六章

「確實沒有，挺好看的，應該是乾元城的新款式。」衛繁星也看了看禮盒裡的衣裙，沒有伸手去拿，只是神色認真地問向紀佩瑤。「佩瑤，妳怎麼說？」

「我……」紀佩瑤有些懵，腦子裡嗡嗡的。就在剛剛，她好像知道了什麼，又好像什麼也沒發生。

「不用有壓力，也不需要立馬給出妳的決定。慢慢地想，仔細地想，凡事都有咱們這個家給妳兜著，妳的後盾時時刻刻都在。」看出紀佩瑤的慌亂，衛繁星放緩了語氣，篤定地說道。

「啊？大嫂，妳在說什麼？四姊要想什麼啊？」紀彥坤雲裡霧裡，什麼也沒聽懂。紀佩芙眨眨眼、再眨眨眼，看看這個，又望望那個，忽然就驚醒，「啊」的一聲叫了出來。

「所以，賀總捕快是看上咱們四姊了？」

「什麼、什麼？什麼時候的事情？我怎麼都不知道？」紀彥坤驚愕得差點沒抱住手中的禮盒。

不過下一刻，紀彥坤又哈哈大笑起來。「好事啊！我老大人很好的，功夫也高強，四妹嫁給他，不虧。」

「你一邊去！」沒好氣地白了紀彥坤一眼，紀佩芙看向紀佩瑤的眼神有些發愁。「四妹，這門親事有點高攀了。」

「我知道。」

幾乎沒有任何的猶豫，紀佩瑤點點頭。

「不是，什麼高攀啊？我老大不講這個的。」紀彥坤連忙為賀鳴洲正名。

「講不講這個，又不只看賀總捕快這個人。」紀佩芙不耐煩地回道。

「那賀家長輩已經送來禮品了啊！還有大嫂和五妹的也都包括在內。」紀彥坤繼續補充說道。

「不一樣的。送禮品又不是娶親，說不定賀家長輩心裡是怎麼想的呢！」紀佩芙接著懟道。

眼看紀彥坤和紀佩芙一人一句，說得極其熱鬧，衛繁星輕輕拍了拍紀佩瑤的胳膊。「看妳自己的心就好。高攀什麼的，有大嫂我在。」

紀佩瑤本來慌亂無依的心，在這一刻，忽然就落定了。

「嗯！」重重點點頭，紀佩瑤不再著急無措，只是靜靜地盯著桌上的小木匣許久，方才緩緩打開。

「哇！」

紀彥坤等了好半天，就是想要瞅瞅這個小木匣到底裝的是啥，這會兒瞧見竟然是一只碧綠通透的玉鐲，忍不住感嘆自家老大的大手筆。

「一看就不便宜。」紀佩芙嘖嘖兩聲，想說些什麼，又打住了。

雖然是高攀，但賀總捕快人確實很好，也是一門很好的歸宿。

紀佩芙當然是全心全意為紀佩瑤好，真要錯過這麼好的姻緣，她也會為紀佩瑤惋惜。

「我不能收。」紀佩瑤搖搖頭，語氣堅定。「小七，你明日帶去衙門，還回去。」

「啊？我去還啊……」

紀彥坤不是不願意當紀佩瑤的跑腿，可還東西給賀鳴洲，怎麼看都不是省心的好事。

「當然是你去還，不然我去嗎？」能去衙門的，除了紀彥坤就是紀佩芙。毫無疑問，紀佩芙也是不願意擔這個事的。

「那好吧……」

肯定不能真的讓自家兩個姊姊去還，姑娘家的顏面很重要的。此般想著，紀彥坤到底還是老老實實地應了下來。

事實上，並未等到次日紀彥坤去找賀鳴洲，臨近天黑的時候，賀鳴洲再度出現在了紀家大門口。

而這一次，賀鳴洲手中提著的禮品明顯多了，還都是紅彤彤的顏色，委實喜慶又隆重。

「老、老大！」

紀彥坤再傻，也能看懂這些禮品的寓意，不由就有些急了。

他四姊好像不打算應下這門親事，這可如何是好？夾在中間的他，已經開始左右為難了。

衛繁星也看到了這麼多禮品，卻沒有開口說話，只扭頭看向紀佩瑤。

這件事肯定要紀佩瑤自己作主的，其他人說什麼都不算數。

「我可以跟你私下裡談談嗎？」

這麼一會兒的思慮，紀佩瑤心下大致有了想法。

「可以。」

賀鳴洲點點頭，就隨著紀佩瑤走向了一旁。

紀彥坤想要跟上去的，卻被紀佩芙給扯住了。

「別壞事！」紀佩芙的語氣不算凶，但也不是玩笑。

「我就是想聽聽。」紀彥坤好奇得快要抓耳撓腮了。

「待會兒直接問四姊就是。」再度拽了拽紀彥坤的袖子，紀佩芙說道。

「行吧！」紀彥坤沒辦法，只能認了。

紀佩芙就鬆開了紀彥坤，來來回回踱步好幾圈後，到底沒能忍住地湊到了衛繁星的面前。

「大嫂，妳說，四姊會答應嗎？」

衛繁星正優哉游哉地吃著紀佩瑤最新做出來的點心，突然被紀佩芙找上，不由就笑了。

「妳剛剛不是很鎮定嗎？還知道拉住小七不跟過去搗亂。」

「那我不是覺得這門親事還不錯嘛！」

但凡換個人，紀佩芙肯定沒這麼糾結。

自家人知曉自家事，哪怕在紀佩芙的眼裡，紀佩瑤樣樣都好，可也不能眼高於頂，人人都瞧不上不是？

「賀總捕快確實是個可靠的人。」

在這一點上，衛繁星並不否認。

不過婚姻大事，最重要還是看心意。紀佩瑤若是對賀鳴洲沒有意思，哪怕賀鳴洲人再好，也無濟於事。

「對吧！對吧！而且還是知府衙門的總捕快。四姊一旦嫁過去，以後都不怕被人欺負。」紀佩芙說到這裡，左右張望張望，壓低了聲音。「大嫂，我跟妳說，我在衙門後廚的時候，聽他們說起過賀總捕快這個人，反正就是各種誇，除了家世很好，為人也正直，品性端方。好多人家的姑娘都盼著嫁給他呢！不過他都沒有答應就是了。」

「嗯，聽妳這麼一說，確實還不錯。」

衛繁星在糧站上班這麼久，鮮少觸及各種八卦，沒承想回到家，竟然從紀佩芙這裡聽到了知府衙門內的八卦。

「我還聽說啊，連知府大人一開始都相中了賀總捕快，想要他當自家姪女婿，不過也被賀總捕快拒絕了。我就想著，是不是賀總捕快並不是那麼看重家世，更看重姑娘家自身？像咱們四姊，長得好看，性子溫柔，做東西還特別好吃，怎麼看都適合娶回家的嘛！」

紀佩瑤在考慮的時候，紀佩芙也暗自琢磨了好半天。

換個角度看，她覺得之前自己想岔了，不能一味只盯著賀鳴洲的家世好這一點，還得多看看其他方面。

就像她此刻說的，她們家四姊就很優秀，一丁點也不差，更不遜色。

「知府大人的姪女婿？那賀總捕快拒絕了，知府大人沒有不高興？」這可是頂頭上司，衛繁星多多少少就有了些興趣。

「有的吧。但再不高興，知府大人也沒辦法啊！賀總捕快跟其他捕快不一樣，是直接從乾元城派遣下來的，領的是朝廷的旨令。有小道傳言，賀總捕快只是會在鳳陽城幹幾年，以後早晚要回乾元城的，到時候升官發財，不在話下。」

紀佩芙的聲音越發小了，情緒卻是激動了起來。

身在後廚這樣的地方，真的是各種流言蜚語，八卦迭起。紀佩芙性子直率，一貫都是大剌剌的，有一說一，也不會扭扭捏捏，倒也能融入大家。

是以，很多八卦大家都不會避開她，著實如魚得水似地自在。

「要回乾元城？」衛繁星就坐直了身體。

這件事在此之前，他們可都不知道，只怕紀佩瑤心下也是不知情的。

如此前提下做出的決定，肯定會有所偏頗。

「嗯，不過都是他們在傳，並沒有確切消息。」極為後知後覺，紀佩芙也意識到了問題所在。

不過有話說話，她又多解釋了一句。

衛繁星點點頭，若有所思。

紀佩瑤和賀鳴洲沒有說多久，兩人就走了過來。

紀佩瑤是紅彤彤的臉蛋，賀鳴洲依舊是面無表情的冷漠，只看兩人的臉色，實在瞧不出所以然。

這到底是成沒成啊？紀彥坤急得想要當場開口，卻看見了賀鳴洲手中的小木匣。

就是沒成！紀彥坤如遭雷擊，整個人僵住。

他是真的想要賀鳴洲當姊夫來著……

沒有過多地在紀家停留，賀鳴洲再度朝著衛繁星幾人告辭離去。

「四妹，妳為什麼不答應啊？我老大人真的、真的很好的……」好不容易等到賀鳴洲不見了身影，紀彥坤急忙看向紀佩瑤。

「等等，賀總捕快提來的這些東西忘了拿走！」紀佩芙指了指那一地的紅色禮品，提醒道。

「大嫂，我把玉鐲還給他了，太貴重了。」

無視紀彥坤和紀佩芙，紀佩瑤逕自走向衛繁星。

「這些東西不還？」聽出紀佩瑤的言外之意，衛繁星問道。

「嗯，暫時不還。」

紀佩瑤的臉已經快要紅得滴出血來，卻還是堅持回答了。

暫時？衛繁星就挑起了眉頭，靜待紀佩瑤的下文。

「我跟他說，我在油坊的活計是要留給三妹的。他說沒關係。我就說，等到兩年後三妹回來，我把活計還給三妹，再考慮成親的事情。他答應了。」

紀佩瑤是第一次處理這種事，實在沒有經驗。

反正就有什麼說什麼，考慮得並不是很周全，但都是她最自覺的決定和想法，極其真實。

第三十七章

「這樣好！」完全沒料想還能這般發展，紀佩芙連連點頭。可以、可以，真的可以，像賀鳴洲這樣的身分，如今再說不介意紀佩瑤有沒有活計，都是虛的。等到紀佩瑤確定沒有活計了，再來上門提親，才是真章。

「那老大兩年後就要當上我姊夫了？」紀彥坤聽得很仔細，非常確定自己沒有理解錯誤。

「不出意外的話，是的。」

由於已經鬆了口，紀佩瑤哪怕害羞，也不會遮遮掩掩。

尤其是對自己最在意的家人，她肯定是實話實說的。

「好耶！」紀彥坤歡呼出聲，樂得快要找不到北。

紀佩芙也覺得挺高興的。真當聽到紀佩瑤這個決定，她心裡那些亂七八糟的不確定猜測瞬間煙消雲散，不重要了。

說到底，她其實也是認可這門親事的，發自內心為紀佩瑤雀躍。

今日學堂有課業，放遲了些，等紀彥宇帶著兩個小的從學堂回來，聽到的就是家裡又出了一件大喜事。

對賀鳴洲此人，紀彥宇沒有任何異議，但是事關紀佩瑤的親事，紀彥宇就轉頭看向了衛繁星。

「還有兩年的時間，走走看看吧！」

既然約定了時間，衛繁星自然不會再說別的。

實在是時間最能證明人心。說不定還不到兩年，賀鳴洲那邊又有了新的情況？屆時，更不需要他們家在這兒發愁擔憂了。

當然，若兩年後能塵埃落定、喜結良緣，便是再圓滿不過的大好結局。

聽衛繁星如此說，紀彥宇頓了頓，輕輕點頭。

兩年的時間，對他而言其實有些緊，但也並非不可能。十年河西、十年河東，他自是不可能一輩子都被困學堂，毫無作為。

總有一日，他會跟大嫂一樣，成為家人的仰仗和依靠，亦是堅實的壁壘。

自從紀佩瑤和賀鳴洲有了兩年之約後，紀家的早飯桌上就多了一道高大的身影。

往日都是紀彥坤帶去衙門給賀鳴洲吃的早飯，如今變成了賀鳴洲自己過來紀家吃。

等吃完早飯，賀鳴洲會主動幫著紀佩瑤一起收拾碗筷，再送紀佩瑤去油坊，之後方回衙門。

人。

一段時日下來，紀家人都漸漸習慣了賀鳴洲的存在，也慢慢開始嘗試著接納賀鳴洲這個

紀家這邊的動靜算不得大，衛繁星卻也沒有瞞著人，尤其是梅昌振之前說了要幫忙紀佩瑤和紀佩芙說親的，自然也要解釋清楚。

「知府衙門的賀總捕快？那可是個能耐人！」

梅昌振本來還想著自家子姪都不錯，配得起紀家姑娘，有了賀鳴洲一對比，梅昌振立馬識趣地打消了念頭，並且給了很公正的評斷。

「我家那些小子，可是拍馬不及賀總捕快的十分之一。」

「本也是沒有想到的。」衛繁星跟著說道。

梅昌振相信衛繁星這句話。真要是早先就看上了賀鳴洲這個妹夫，衛繁星沒必要再來應承他這一邊。

別人或許還會左右逢源地作戲迎合，衛繁星這個人根本就不懂這些。或者說，她是不屑這般手段的。

何況，成親不比其他事情，就那麼一個姑娘，沒可能這邊答應、那邊又拖著。稍稍不慎，弄巧成拙，只會害了自家姑娘。

所以，至少在他向衛繁星提出要幫忙紀家說親的時候，賀鳴洲這個意外確確實實尚未發生。

「其實還要感謝總帳房，要不是趕巧我跟家裡兩個姑娘提及總帳房要幫忙說親，賀總捕快也不會突然聽到。再然後，事情才得以明朗。」

衛繁星有事說事，並非故意在圓場周旋。

「那敢情好。這麼說，我也沒有白忙活一場，確確實實幫忙紀家四姑娘定下了親事。」沒想到這其中還有自己的功勞，梅昌振就眉開眼笑了起來，忽然覺得自己好像幹了一件大事。

「是這個理。若是兩年後真能佳緣天成，總帳房可要上門去喝杯喜酒的。」衛繁星逕自回道。

「自然、自然。」提前兩年就被邀約，梅昌振高興不已，連連應道。

至於紀佩芙的親事，梅昌振識趣地沒再多提。

他算是看出來了，紀家的機緣大著呢！但凡賀鳴洲這門親事成了，紀佩芙以後怕是也會找更好的人家。

像他那幾個子姪，勉強算是看得過去，但比起賀鳴洲，實在差得太遠。

衛繁星和梅昌振的對話沒有避著人，時刻關注他們動向的李嬌嬌當然也都聽見了。

想當然，李嬌嬌整個人都麻木了，實在不知道該說什麼好。

前一刻，她還在心裡埋怨衛繁星故意不應承她子姪，下一刻就被告知，紀家四姑娘定下了知府衙門總捕快的親事！

哪怕李嬌嬌再是自大，也說不出她還能找到比賀鳴洲更好的人選，來般配紀佩瑤這個姑娘。

早知如此，她幹麼還心裡不舒服了一整夜，差點沒忍住跟衛繁星翻臉？

越想越覺得不值當，李嬌嬌懊悔不已，想要去跟衛繁星解釋一番，又不知道該從何說起。

可要是假裝什麼事情也沒發生，李嬌嬌又覺得過不去心裡那道坎。

不免的，李嬌嬌就痛苦不已地糾結上了。

不待李嬌嬌糾結出所以然來，衛繁星再度被告知要出差了。

這一次還是三座城池，卻正好包括了紀佩琪所在的那個城鎮。

「那大嫂是不是可以去看三姊了？」紀佩芙那叫一個羨慕。

「確實可以。」

衛繁星算過了，紀佩琪所在的城鎮排在最後，自己恰好可以在辦完事情之後多請三天的假。

這樣她就能在不影響工作的前提下，順道去河裡村看看紀佩琪了。

「小六和小七這次也還是跟著去嗎？」紀佩瑤一邊問，一邊開始盤算要給紀佩琪帶什麼東西過去。

過年的時候，紀佩琪一個人上路，拿不了很多東西，她們只能精簡再精簡。現下有紀彥宇和紀彥坤跟著去，就不擔心拿不下了。

「我肯定是要去的。我已經跟老大報備過了，老大也已經答應了。」

自從賀鳴洲和紀佩瑤的事情攤在明面上，紀彥坤對賀鳴洲就越發親近了，原本就很會上竄下跳，如今都快要變得無法無天了。

「你又給人家找事！」訓斥紀彥坤的，不是紀佩瑤，而是紀佩芙。

她就覺得，賀鳴洲如今還不是紀家的女婿，他們家肯定不能占賀鳴洲的便宜，省得日後算起來，人家看低了紀佩瑤。

「我這是正事！而且上次就是我跟著大嫂出門的，這次肯定也還是我啊！換了其他人，哪有那麼方便？」紀彥坤絲毫不掩飾自己就是走後門的事實。

不過，他這個後門跟賀鳴洲無關，而是衛繁星。

「行了行了，少得了便宜還賣乖。正好這次你要跟著去，就多給三姊帶些吃的用的過去。那邊是鄉下，很多東西肯定不好買到的。」紀佩芙叮囑道。

「知道了。」紀彥坤點點頭，沒有任何猶豫。

「小六也是要跟過去的吧？」說完紀彥坤，紀佩芙轉身看向紀彥宇。

「嗯。」紀彥宇頷首。

「那成。有你盯著小七，我和四姊就放心了。」

不得不說，紀彥坤在紀佩芙這裡的信用算不得多麼高。

「好。」絲毫沒給紀彥坤留情面，紀彥宇應道。

紀彥坤那叫一個生氣啊！可再是生氣，他也拿紀佩芙和紀彥宇沒轍。最終，只能鼓著腮幫子坐在一旁了。

好笑地看著紀家姊弟們的互動，衛繁星沒有制止，也沒有參與，任由他們自己說清楚、講明白。

很快地，出發的日子到來。

這次再出門，衛繁星就不是那麼擔心家裡了。

上次賀鳴洲就把他們家照顧得很好，如今只怕也不在話下，根本不需要她多嘴拜託的。

就連紀彥宇這次也沒多言，只定定地看了賀鳴洲兩眼，就上了馬車。

明顯感覺到來自紀彥宇的打量，賀鳴洲心下有數，一切盡在不言中。

比起上次出差，這次的衛繁星更加游刃有餘，也更加熟練。

一個多月的奔波忙碌之後，衛繁星的工作正式告一段落，可以去探望紀佩琪了。

從衙門告辭出來，衛繁星正要帶著紀彥宇和紀彥坤去問路，耳邊就聽到了紀彥坤的大喊聲。

「三姊！」

突然看到紀佩琪，紀彥坤直接驚呼出聲。

衛繁星和紀彥宇也望了過去，可不就是紀佩琪！

「大嫂、小六和小七？你們怎麼會在這裡？」

半年未見，甚是想念。紀佩琪萬萬沒有料到，她的家書才剛寄出去，就跟衛繁星他們碰上面了。

「我和小六跟著大嫂來這邊城鎮的糧站教那些帳房算帳。」紀彥坤的解釋極其簡單明瞭，不帶半點的複雜贅述。

「這次輪到這邊了嗎？」

衛繁星帶著兩個弟弟出遠門的事情，紀佩琪上次就已經在紀佩芙的來信裡知曉了。

當時紀佩芙還感嘆說，三個城鎮居然沒有紀佩琪所在的，明明這個城鎮離鳳陽城也很近來著。

沒承想這麼快，衛繁星他們就又一次出行，還真就來了這邊。

「是。大嫂特意提前跟兩邊的知府大人都報備過了，多出三日可以去河裡村探望三妹。」紀彥坤繼續解釋道：「對了三妹，妳怎麼這個時候來府衙了？」

第三十八章

「我是過來辦婚契的。」

指了指身後幾步遠位置的吳伊川，紀佩琪一語爆出驚雷。

「什麼契？婚契？」紀彥坤瞬間睜大了雙眼，不敢置信地問道。

紀彥宇也是迅速皺眉，冷冷地瞥向了明顯不是很情願的吳伊川。

衛繁星的反應是最冷靜的，也沒有急著說話，靜待紀佩琪自行解釋。

上次見面雖然只有短短三日，但衛繁星看得出來，紀佩琪是很有主見的姑娘。以紀佩琪的聰慧，她不可能不知道自己在幹什麼。

只不過衛繁星詫異的是，明明過年時，紀佩琪不在鄉下成親的態度是很堅決的，這會兒卻又變了。

雖然不清楚這其中發生了什麼變故，但紀佩琪此時此刻的臉上並無悲憤或不願，想必是已經想清楚了才做出的決定。

「這事一時半刻也說不清楚，我晚些時候再跟大嫂解釋。衙門這邊辦事不等人，我先去把婚契辦了。」紀佩琪說著就要去拽吳伊川的袖子。

「我說了，妳不必嫁給我。」

下一刻，衛繁星三人都清清楚楚聽見了，來自吳伊川的拒絕。

一時間，氣氛就變得尷尬了起來。

「我說你……可真是！怎麼就說不通呢？」紀佩琪是真的有些生氣了。從河裡村來到鎮上，她一路說了那麼多，吳伊川一直都悶不吭聲。看吳伊川沒有扭身走人，一直都默默跟在她身後，紀佩琪還以為吳伊川是默認了，也是答應了。

哪想到當著她娘家大嫂和兩個弟弟的面，吳伊川再度把她拒絕了，真是有夠讓紀佩琪黑臉的。

「不是，三姊，妳這是強嫁啊？」忍不住地，紀彥坤就問出聲來。

「胡說八道什麼呢?!」沒好氣地瞪了紀彥坤一眼，紀佩琪定定地望著吳伊川。「你不想跟我成親，幹麼還一路跟來鎮上？我又沒拿繩子綁著你，逼著你必須跟在我身後？」

吳伊川張張嘴，又閉上，到底是什麼也沒說。

這般模樣，怎麼看怎麼像是被逼迫的。紀彥坤的臉色就更怪異了。偏偏礙於紀佩琪是自家親三姊，又不能問出口來。

「佩琪，我們的住處就在前面，先過去把事情說清楚。衙門這邊，暫時不急著辦婚契。」

衛繁星確實不打算干涉紀家孩子們的婚事，但紀佩琪眼下這般情況，她不可能視而不見。

衛繁星的話，紀佩琪是聽的，更何況眼下確實也沒辦法逼著吳伊川繼續跟她前行。踩踩腳，紀佩琪就只能先跟著衛繁星走了。

吳伊川站在原地明顯愣了愣，片刻後，還是悄無聲息地跟了上來。

只不過這一次，他跟著的距離遠了些，只確保紀佩琪人在他的視線裡就行了。

一回頭瞥見這一幕，紀佩琪又好氣又好笑，竟是不知道說什麼是好了。

「說吧，到底是怎麼一回事？」

回到臨時住處，將紀彥宇兄弟二人和吳伊川都攔在門外，只留紀佩琪和她單獨相處。房間裡，衛繁星直接問道。

紀佩琪也沒遮著藏著，老老實實將事情的來龍去脈解釋了一遍。

原來因為紀佩琪過年探親時走得太快，河裡村一度傳出了不少流言蜚語。

其中就有紀佩琪這一走，再也不會回來的流言。

正常情況下，這種流言是不會有人相信的，畢竟紀佩琪來河裡村尚且不到十年，哪怕很快就要滿了，沒到就是沒到，這是事實，律法守著在呢！

可偏偏，村長家的兒子不知道發哪門子的瘋，開始在河裡村到處說，紀佩琪這是回娘家置辦嫁妝去了，等紀佩琪從鳳陽城回來，就會嫁給他。

比起紀佩琪再也不會回來，村長家兒子這個說法就可信多了。

尤其，紀佩琪前幾年都沒有探親假，唯獨今年就有了，怎麼看都像是村長特意准許的！等紀佩琪從鳳陽城回到河裡村，這般流言已經傳的人盡皆知，解釋不清楚了。

特別是村長家的兒子對紀佩琪從先前的猛獻殷勤，變成了越發劇烈的狂追猛打，甚至都快要恣意妄為的動手動腳了。

紀佩琪明確拒絕多次都無濟於事，冷言冷語也趕不走人。最後一次，兩人面對面地釐清立場時，村長的兒子竟然想要對紀佩琪用強！

紀佩琪再厲害也只是一個姑娘家，力氣哪裡比得上膘肥體健的村長兒子？

關鍵時刻是吳伊川及時挺身而出，救下了紀佩琪，同時也將村長家徹底得罪。

「大嫂都不知道，河裡村的村長是多麼小心眼。這事本來就是他兒子不對，結果到頭來他卻拐到了吳伊川的身上。這幾日，分派給吳伊川的農活都是最髒最累的，簡直可惡極了！」紀佩琪越說越生氣，嗓門也跟著大了起來。

「這跟妳要嫁給他有關係？妳是打算跟他一起去幹那些最髒最累的農活？」衛繁星一針見血，態度極其冷靜。

「沒啊！我又不傻，幹麼要去幹那些最髒最累的農活？我就是覺得，起因在我，我肯定不能繼續給村長一家人留下任何念想。只要我嫁了人，他們一家子也就沒有了針對吳伊川的理由。最起碼，明面上的藉口沒有了。否則，我大可以上府衙告他們！」紀佩琪冷哼一聲，說道。

「妳同樣可以直接上府衙告他們，直接略過嫁人這一齣。」紀佩琪這般說法，說服不了衛繁星。

「可是沒有了村長兒子，還有其他人啊！我是真的受夠了那些人的居心叵測，還不如一次了結呢！」紀佩琪回道。

說心裡話，紀佩琪給出的這個理由依舊說服不了衛繁星，但是極為明顯的，已經沒必要再問下去了。

再然後，衛繁星拋出更現實的問題。「妳不打算回鳳陽城了？」

「回！肯定要回的！」沒有絲毫猶豫，紀佩琪回答得很迅速。

「那到時候他怎麼辦？留在這裡？」

衛繁星口中的「他」，問的就是吳伊川了。

紀佩琪本就是鳳陽城人，十年青娘子之後，可自行回家。然而吳伊川既不是鳳陽城人，在鳳陽城也沒有正式工作，又要怎麼辦？

兩地分居？在衛繁星看來並不可靠。

萬一這兩年紀佩琪再生個孩子，屆時問題更多，也更加殘酷。

「大嫂，我有個事想求妳。」紀佩琪沈默了一下，很糾結但又不得不開口。「就是……我能不能，把油坊那個活計讓給吳伊川？」

衛繁星抿抿嘴，並未立刻接話。

果然，人一旦戀愛腦，什麼事情都幹得出來。

「我知道，這份活計是家裡好不容易替我找到的，也是特意留給我的。本來我是想要自己做的，可若我真的跟吳伊川成親，到時候他在鳳陽城沒有活計，根本去不了，我卻可以另外再找新的活計……」見衛繁星不說話，紀佩琪不禁急了。

「新的活計？在哪兒？怎麼找？」衛繁星逕自問道。

紀佩琪再度沈默，卻還是咬咬牙。「我知道找活計很難，很有可能我接下來一輩子都找不到活計，但我總要試一試的。」

「試一試」這個話語，紀佩芙也跟衛繁星說過。彼時，衛繁星很欣賞紀佩芙的勇氣，不過現下，衛繁星很難拿出同樣的態度回應紀佩琪。

「本來，這份活計給了妳，妳想怎麼處理都是妳的自由，家裡不該干涉。但是佩琪，妳自己要想好了，活計一旦給出去，再要回來就沒那麼容易了。妳確定妳以後一輩子都不會後悔？」

醜話說在前面，衛繁星肯定不會故意拿好聽話哄紀佩琪高興。

「我不後悔。」搖搖頭，紀佩琪的聲音很堅定。「我相信他。在他什麼都沒有的時候，就無怨無悔妳照顧了我八年。等去了鳳陽城，他也一定不會讓我失望。」

「人心難測，有些人就是可以共患難，卻不能共富貴。屆時，妳又該如何自處？」衛繁星說到這裡，忽然話鋒一轉。「對了，佩瑤也說親事了。男方妳認識的，就是咱們鳳陽城知府衙門的賀總捕快。」

聽聞紀佩瑤說親，紀佩琪一喜，正要高興祝賀，就聽衛繁星接著說道：「不過佩瑤還在猶豫。她跟賀總捕快說了，等她把油坊的活計還給妳，再考慮嫁人。說到底，還是害怕到時候沒了活計，被人嫌棄看不上。」

紀佩琪先是一愣，忽然就莞爾一笑。「那就把油坊的活計留給四妹。正好，我也不必發愁了。」

「妳甘心？」衛繁星定定地看著紀佩琪。

這個姑娘已經為了紀家讓出了十年青春，還打算繼續讓出後半輩子賴以生存的工作？

「我不要油坊的活計，頂多是留在河裡村，依然可以跟吳伊川一起過日子。反正已經在這裡待了十年，不至於過不下去。可四妹沒了油坊的活計，錯過的是一樁大好姻緣。相較之下，四妹比我更需要油坊的活計。」

甘心嗎？紀佩琪肯定是不甘心的。

能夠回鳳陽城，是紀佩琪這八年以來日夜盼望的事情，幾乎快要成為刻入骨子裡的執念了。

但是比起她自己，家人更重要，妹妹更重要。

所以，她甘願放棄。

第三十九章

「還行。腦子是清醒的，沒有糊塗。」

得了紀佩琪如此篤定的回答，衛繁星總算又找回了些許對紀佩琪的欣賞。

最起碼，紀佩琪沒有徹底把腦子忘在男人的身上。儘管，那個男人對紀佩琪確實很好。

「大嫂，我……」被衛繁星這麼一說，紀佩琪不由就紅了臉，慚愧不已。「對不起，我讓大嫂失望了。」

「談不上，就是突然來這麼一齣，嚇了我一大跳。畢竟過年的時候，妳回去可不是這般說的。」

但凡紀佩琪過年的時候表現得有那麼絲毫的不坦然，衛繁星都不至於這般的驚詫。

也不過是半年而已，紀佩琪的態度竟然轉變得如此之大。

要說紀佩琪是純純的戀愛腦，也就算了，但是很明顯，紀佩琪不是。

「我之前其實一直想私下裡跟大嫂提這事的，就是沒有找到機會。」紀佩琪說著說著，聲音就變小了。

「妳當時就想把油坊的活計讓出來了？」衛繁星不確定地問道。

如果真是如此，只能說，紀佩琪藏得太好，一丁點的苗頭都沒有露出來。

「不是、不是，我當時想的是嫁人的事。」見衛繁星誤會，紀佩琪連忙解釋清楚。「自從我有個會計大嫂的事情在河裡村傳開，吳伊川就不再理睬我了。反之，河裡村對我猛獻殷勤的人，一夜之間就多了起來。前後對比簡直不要太大，我想要裝瞎子、裝傻子，都不行。」

「佩琪，妳要明白，只要妳不想在河裡村嫁人，大嫂就能保妳接下來的一年多安枕無憂，只待回鳳陽城的那一日到來。」

若衛繁星沒有來過這裡，她確實沒有百分之百的把握這般說。

但是她如今來了這個城鎮，也跟當地的知府打過交道，她有十足把握給予紀佩琪更多的保障。

「我知道的。」在縣衙大門外見到衛繁星的那一刻，紀佩琪就知道了。

但是，她輕輕搖了搖頭，認真說道：「我是真心想要嫁給吳伊川的。」

成吧！既然紀佩琪話說到這個分上，衛繁星也沒什麼好阻攔的了。

揮揮手，衛繁星朝著門外努努嘴。「讓他們都進來吧！」

外面，紀彥宇和紀彥坤一左一右地打量著吳伊川。

三個人誰也沒有說話，連平日性子最外向的紀彥坤都沒有開口。

直到衛繁星屋子的門被打開，這樣的沈默才被打破。

看到紀佩琪出來，吳伊川明顯地鬆了口氣。

不過下一刻，他被告知要進去回話。

吳伊川是猶豫的。

他一直都知道，自己喜歡的姑娘於他而言，就如同天上的雲彩那般遙不可及。在親眼見過紀家人之後，吳伊川這般感受越發深刻。

不管是衛繁星三人的穿衣打扮，還是渾身上下的氣度架勢，都遠非他一個鄉下人可以比之的。

要說心裡沒有一丁點的奢望，那是不可能的。即便他一路上都在不斷說服自己，會跟在紀佩琪的身後，是為了保護紀佩琪的安全。

可捫心自問，他就一絲絲的奢望都沒有嗎？

也不盡然吧！如果沒有在衙門外面撞見紀家人，他或許就真的如此自欺欺人似的，隨著紀佩琪走進了衙門……

說到底，他還是存著癡心妄想的。

不過馬上，他的美夢就要被打碎了。

咬咬牙，吳伊川默默地握緊了拳頭，稍稍停頓後，到底還是走了進去。

人不可以太自私，不該是他留的下的人，他合該放手，還她自由。

「佩琪說，她要嫁給你。」當著紀彥宇和紀彥坤的面，衛繁星直言不諱，切入正題。「她也說了，要把在鳳陽城油坊的活計讓給你。」

吳伊川猛地抬起頭，不敢置信地看向紀佩琪。

「我這邊的意思很簡單，活計是紀家的，給佩琪肯定是理所應當。但換成你，就要把銀錢算清楚。也不多，就五兩銀子。你一個月可以領兩百文銀錢，不到三年就能還清。」避免吳伊川不擅長算帳，衛繁星把帳目說得甚是直白。

「大嫂！」紀彥坤率先叫出聲來。

紀彥宇也不是很贊同。不過，他看得不是衛繁星，而是紀佩琪。

「我不要。」不等紀佩琪開口，吳伊川斷然拒絕。「該是紀三娘子的活計，就應該給她。」

「你這人是不是榆木疙瘩啊？怎麼都說不清楚的？咱倆都要成親了，你不要油坊的活計，以後怎麼跟我一起回鳳陽城？」紀佩琪跺跺腳，責怪道。

「我們不會成親。」吳伊川就回道。

「不成親？不成親你想娶誰？吳伊川，你敢說，你心裡還有別的姑娘？」紀佩琪氣呼呼的，當場質問道。

吳伊川瞬間就沒了聲音。

別的事情，他都可以撒謊，唯獨這件事，他想要正視自己的真心，也不願意傷到紀佩琪。

紀佩琪就滿意了，接著說道：「我大嫂話說得很清楚，活計不是白給你的，是要拿五兩銀錢買的。當然，要不是有我大嫂在，即便有五兩銀子，也買不來這麼一份活計。這份人情你肯定還不上，就算在我頭上。我是紀家的姑娘，在大嫂面前厚臉皮一回，先行受下這份人情。等以後有機會，咱們一起還。」

「不是……」

吳伊川當然知道，光是有銀子，肯定買不來一份活計。這其中的人情是他攀不上的，也還不起的。

可被紀佩琪這麼一說，事情已然板上釘釘，他無疑占足了紀家的便宜，實在不應當。

「沒有什麼是不是的。」紀佩琪擺擺手，幫著吳伊川應下衛繁星的話。「大嫂，他答應了。到時候，我和他一起還五兩銀子給家裡。」

明眼人都能看出來，吳伊川是拗不過紀佩琪的。換而言之，紀佩琪完全有能力鎮壓得住吳伊川。

這般相處模式，衛繁星有些感嘆，但不會不看好。

恰恰相反，但凡吳伊川對紀佩琪沒有意思，根本不會在她面前束手束腳，自卑不自在，也不會對紀佩琪的霸道如此忍讓，一退再退。

挺好的。說實話，衛繁星覺得如果吳伊川能一輩子保持這一刻對紀佩琪的喜歡和包容，紀佩琪接下來的日子勢必會過得很舒心。

說是一物降一物也好，說是互相看對眼了也罷，反正衛繁星看得出來，紀佩琪和吳伊川就是一對彼此喜歡的有情人。

棒打鴛鴦的事，衛繁星向來不喜歡，也不打算去扮演這個不討喜的角色。

仔細看過吳伊川和紀佩琪的相處之後，衛繁星的要求更加簡單明了。

「佩琪自己的意願，家裡肯定不會攔著。不過我們紀家對你，也不是沒有任何的要求。聽佩琪說，你家裡是繼母，下面還有弟弟妹妹尚未成親。」迎上吳伊川和紀佩琪同時望過來的視線，衛繁星接著說道：「我不管你用什麼法子，佩琪嫁給你之後，你必須帶著佩琪分出來單住。你們手裡沒有銀錢沒關係，家裡可以借給你們。你倆先記帳，等日後回鳳陽城有了活計，賺到銀錢再一併還給家裡就行了。」

給出她的要求之後，衛繁星也展現出了自己的寬容好說話。「聘禮的事情，你可以自己跟佩琪商量。佩琪要得多，你受著；佩琪不要，你儘管心下樂著。這是你倆的事情，家裡不干預。」

「大嫂，我不答應！」眼看著衛繁星三言兩語就要定下這門親事，紀彥坤到底沒能忍住地跳了出來。

「你的意見不作數。是佩琪嫁人，又不是你嫁人。」衛繁星語氣平靜地陳述事實。之前每每看到類似家人不同意婚事的新聞，衛繁星都很有感觸。

沒必要，真的沒必要。

攔得好，當事人不一定感恩。得不到的，總歸是最好的，心裡會惦記一輩子，也對不住被牽連的其他人。

攔得不好，只怕會被當事人記恨一輩子。日後但凡遇到一丁點的不愉快，都是家人當時沒有支持的錯，根本就是一筆理不清楚的爛帳！

「可是我……」

衛繁星的話，紀彥坤無從反駁。但他覺得，還是可以表達表達自己的意願和觀點。

「沒有可是。等你以後娶妻的時候，你再來跟我說，你願意還是不願意。」衛繁星的態度很果斷明瞭，沒有給紀彥坤留下半點鬧事的餘地和機會。

紀彥坤張張嘴，還想再說什麼，就被身邊的紀彥宇給攔住了。「閉嘴。」

「怎麼連你也這樣？你幫著大嫂欺負我！」紀彥坤登時就不高興了。

他明明是在跟大嫂說正事，又不是在胡鬧，怎麼還讓他閉嘴了？

「不然呢？幫你不聽大嫂的話？」紀彥宇的語氣涼涼的。

「誰不聽大嫂的話了？你冤枉我！」紀彥坤的嗓門越發大了。

他最聽大嫂的話了好不好？在這個家裡，大嫂的話最有威信，他怎麼可能不聽？

「聽大嫂的話，就老老實實閉嘴！」紀彥宇再度回道。

紀彥坤頓刻間啞了，一陣生氣、一陣懊惱的，好半天都沒找到辯解的說辭，就只能老老實實地閉上嘴巴了。

第四十章

吳伊川不是傻的，衛繁星話都說道這個分上了，他哪裡看不出來，這是紀家在幫自己？雖然心裡依舊覺得很對不起紀佩琪，也覺得自己根本就配不上紀佩琪，但是此時此刻，對上衛繁星望過來的目光，吳伊川忽然就說不出拒絕的話來了。

他很清楚，這是他的最後一次機會了。

一旦錯過，他這輩子都不可能再跟紀佩琪走在一起。

原本合該是他預期中的結果，可真等這一刻到來，吳伊川莫名又開始不捨了。

承認吧，他就是個自私自利的人，嘴上說的再是好聽，實際上根本就做不到最後那一步……

是自慚，也是愧疚，但到底，吳伊川沒再堅持拒絕，而是咬咬牙，點了頭。

再然後，就是正兒八經成親的流程了。

有衛繁星在，紀佩琪和吳伊川很快就在當地的衙門辦好了手續，同時還得到了衙門一眾人的祝福。

本來衛繁星是打算這一日就帶著紀彥宇和紀彥坤去河裡村探望紀佩琪，但是人已經在鎮上碰到，就不必急於一時半刻了。

與此同時，吳伊川也向衛繁星提出了暫時不要去河裡村的要求。

吳伊川給出的理由很簡單，也很直接。

他要帶著紀佩琪回河裡村先分家，要是被他家人知曉，紀佩琪的娘家人來了，肯定會想方設法占便宜，根本不會答應分家的。

看吳伊川雖然面上很不自在，卻堅持把理由解釋清楚，衛繁星沒有任何二話就答應了。

於是乎，接下來的安排變成吳伊川和紀佩琪今日分家，明日，衛繁星再帶著兩個弟弟去河裡村。

沒辦法，衛繁星的假期就只有三天，空不出多的時間等吳伊川慢慢分家了。

吳伊川也知道時間緊迫，沒有逗留地帶著紀佩琪走人。

河裡村最近其實挺熱鬧的，熱鬧的無外乎就是紀佩琪的親事。

不得不說，如今河裡村想要娶紀佩琪的人家真的很多，每個都想跟紀佩琪身後的紀家攀上關係。

為了達成這一目的，哪怕是用強，也在所不辭。

其中最囂張的，無外乎就是村長的兒子了。

說心裡話，吳伊川家之前也是想要娶紀佩琪回家的，但是有了村長家兒子的事情後，吳家的態度立馬就變了。

紀家再好，也是遠在鳳陽城，一年到頭都不一定能走動一次；可村長家就在河裡村，但凡村長想要為難他們，鳳陽城紀家能幫他們什麼？

更別說吳伊川已經開始被村長針對了。

吳家自認沒什麼能耐人，完全不是村長的對手，也得罪不起村長這棵大樹。故而吳家人打起了退堂鼓，不願意迎娶紀佩琪過門了。

偏偏就在這個時候，吳伊川跑回來跟他們說，他和紀佩琪已經跑去衙門成親了？一時間，整個吳家都炸開了花，直嚷嚷著要吳伊川立馬再去衙門跟紀佩琪和離。這般只會給吳家招來禍事和仇敵的兒媳婦，他們家要不起！

吳伊川當然是不肯，當場就跟吳家人提出要分家。

分家？吳家人有遲疑，剛要拒絕，就見村長家的兒子聞著動靜找過來了。

於是當著村長家兒子的面，吳家人高聲答應了分家，生怕被村長找麻煩，以最快的速度將吳伊川掃地出門，什麼也沒給吳伊川分。

吳伊川沒有說任何話，順利分了家，就帶著紀佩琪又離開了。

這一夜，紀佩琪依然住在村裡為青娘子統一安置的屋子，吳伊川則是在村裡的空置茅草屋裡睡了一宿。

次日，吳伊川和紀佩琪照舊上工。

這個時候的河裡村，已經都知道這兩人不但成了親，還被吳家趕出來的事實。

有看熱鬧的，也有善意幫忙規勸的，一時間，諸多議論紛紛都砸在了紀佩琪和吳伊川的身上。

村長一家自然是看熱鬧的。

他們就等著看紀佩琪受不住，自己乖乖來找他們家求助，等到了那個時候，他們輕輕鬆鬆就能拿捏住紀佩琪。

哪怕紀佩琪是鳳陽城來的姑娘又怎麼樣？強龍來了河裡村，也得乖乖地窩著，更何況紀佩琪就只是一個嬌滴滴的姑娘家？

他們年前故意給紀佩琪便利，放紀佩琪回鳳陽城看家人，可不是讓紀佩琪嫁給其他人的！

衛繁星一行人就是在這個時候，抵達河裡村。

「呀！來官差了！」有眼尖的河裡村鄉親率先發現來了生人。

其他正在地裡幹活的鄉親們也都抬頭望了過去。

河裡村的村長反應最快，第一時間就掛上諂媚的笑容，迎了上去。

「衛會計，這裡就是河裡村了。」

衛繁星可是知府大人親自邀來的貴客，府衙捕快對她甚是畢恭畢敬。

「有勞諸位帶路。恰逢我家妹妹嫁在河裡村，諸位不如一道留下吃個便飯？」衛繁星說道。

「不了、不了，若是擺酒，咱們哥兒幾個勢必要厚著臉皮來討杯喜酒，便飯就不必了。衛會計實在太過客氣！」

這年頭的糧食極其珍貴，大家自然不會輕易留下來做客，實在給人增添負擔。

「不如這樣，明日我在河裡村為妹妹擺酒，諸位一併來做客。就是大家湊一起熱鬧熱鬧，正好也給我個機會感謝大家這段時日的照顧。」衛繁星笑著提出邀請。「成親是大喜事，諸位可別拒絕才好。」

衛繁星的話說得漂亮，當地這些捕快自然不會拒絕，紛紛應了下來。

河裡村村長一路跑到近前，聽到的就是成親請喝喜酒的話語。

心下詫異，村長不免就看向了衛繁星這位生人。

第一眼看著，就是好看，這姑娘比他們河裡村所有的姑娘都要水靈！

再一看，這姑娘穿得像是富貴人家，身後跟著的也都是捕快大爺，怕是出身不凡。

村長是個有心眼的，自然不敢小看衛繁星。反之，他打定主意要巴結衛繁星。

「這就是河裡村的村長，衛會計有什麼事情只管找他就行。令妹如今就在他的管轄內。」見到河裡村村長，當地捕快介紹道。

衛繁星早就看到這位村長到來，卻故意假裝無視。直到這會兒，才終於扭過頭。

隨後，衛繁星就笑著做了自我介紹。

「紀三娘子的娘家人？」

心下一個咯噔，村長的臉色到底沒能維繫住。

「對，我是紀佩琪的大嫂。敢問我家佩琪人呢？現下可方便把她叫過來說兩句話？」好似完全不知道紀佩琪在河裡村的遭遇，衛繁星一臉和善地問道。

村長就更緊張了。

真的是紀佩琪的娘家人找來了？這可如何是好？若是被這些人知道兒子對紀佩琪用強，豈不是糟糕了？

「她不……」下意識地，村長就想遮掩紀佩琪的所在，不讓紀佩琪見到這些娘家人。

「三姊！」偏偏就在這個時候，紀彥坤喊出聲來。

村長臉色僵住，順著看過去，可不就是紀佩琪所在的地方？

紀佩琪原本就知道，大嫂他們今天要來河裡村，心情別提多好了，幹活也特別有勁。

哪怕村長今日故意安排給她重活，紀佩琪也沒生氣，臉上始終掛著淺淺的笑容。

她知道周遭不少人都在看自己，但紀佩琪不在意，也無所謂。

這會兒聽到紀彥坤的喊聲，紀佩琪立馬抬頭，露出了更加燦爛的笑容，朝著紀彥坤揮了揮手。

紀佩琪如今在上工，肯定不能輕易走開，但紀彥坤可以呀！

二話不說拽著紀彥宇跑到紀佩琪的面前，紀彥坤很好奇地四下張望。「三姊，這是妳今天要幹的活？我幫妳呀！」

「成，不過你不一定幹得來。」跟自家弟弟，紀佩琪是不客套的。

不過實話實說，地裡的活，紀彥坤沒有接觸過。

「怎麼就幹不來了？妳都幹得來，我還不能學了？」紀彥坤說著就躍躍欲試地要上手。

紀佩琪就笑著將手裡的鋤頭遞了過去，順便叮囑道：「小心你的衣裳，別弄髒了。」

「不怕。我有帶換洗的。」紀彥坤穿的是鳳陽城捕快官服，本來有些大的，被紀佩瑤心靈手巧地改合身了。

「那也是官服，要小心些。」即便知道紀彥坤已經是板上釘釘的捕快，紀佩琪還是提醒道。

「知道了，知道了。」

紀彥坤是真沒放在心上。

衣服髒了就洗唄！他們在鳳陽城巡邏的時候，碰上什麼事都要直接衝上去的，可管不了髒不髒的。

紀彥宇倒是沒有搶著上手。見紀彥坤動作生疏地開始折騰，他神色冷靜地掃視了一圈。

「三姊，你們每個人幹的活計不一樣。」

「對，這些活計都是每日清早村長安排下來的。」紀佩琪點點頭，回道。

「妳的活計好像比別人的重。」

紀彥宇說著「好像」，其實已經肯定了這一事實。

紀佩琪剛剛回答的時候，沒有多想，此刻被紀彥宇一說，登時回過味來。

一時間，她心下又暖和又好笑，當即積極配合道：「是，我今天的活計是重活兒。」

紀彥宇的神色沒有隱藏，直接露出了不悅。

第四十一章

「哎呀，這是意外，意外。紀三娘子也不是每一日都幹重活的，早些時日她的活計就比其他人要更輕省的，真的！」

河裡村的村長幾乎要瘋了，急急忙忙地解釋道。

他這邊還陪著衙門的官差老爺們，哪想到一個扭頭的工夫，紀家兩個小的就跑到地裡來了，還問東問西的。

也怪他今天沒有安排好，成心想要給紀佩琪一點顏色瞧瞧，讓紀佩琪吃吃苦頭，盡快低頭服軟。

哪想到就這麼湊巧，碰到了紀家人找過來，真是倒楣！

「村長不必著急。我家三妹既然下鄉當了青娘子，該是她幹的活計，不管再髒再累，都合該是她的。我們當家人的，都能理解。」衛繁星的反應卻是很淡定，說著還象徵地瞥了紀彥宇一眼。「小六，不可以亂說話。」

紀彥宇抿抿嘴，就真的不說話了，只是目光依舊在四下打量，明顯是在對比其他同樣下鄉的青郎君和青娘子的活計。

村長就越發心虛了，連忙想要給紀佩琪換活計。

「村長真不用這樣，既然已經安排好了活計，哪有臨時更換的道理？如此這般調整，想來其他鄉親也是不滿的。」

衛繁星的語氣依然一副好說話的模樣，卻始終緊盯著這件事，沒有轉移話題。

村長很想理直氣壯地應一聲「對」，可頂著衛繁星一行人的注視，他仍是說不出這樣的話來。

這跟著過來的可是捕快大爺啊！紀佩琪的娘家人到底是什麼大的來頭，真真是嚇人！之前也沒聽紀佩琪提起過啊！

「對了，村長，這活計可以不換，幹活的人能換不？你看，我們這些家人真的是千載難逢才能來這麼一次的，可不可以先讓我們家弟弟幫忙幹著，換佩琪歇息一日。正好，也讓佩琪領著我們其他人去看看她如今住的地方，好讓我這個當大嫂的安心。」終於，衛繁星換了話題。

村長長長地鬆了口氣，立馬點頭，放紀佩琪離開。

其實村長自己也想跟著。這麼好的巴結機會，他實在不想錯過。

但他看得分明，衛繁星身邊的捕快都不是好惹的。保險起見，他打算留在地裡，從紀彥坤的身上下手。

紀彥坤一看就是個年紀不大的孩子，肯定好糊弄，也容易套話。

紀佩琪就真的跟著衛繁星離開了。

隨後，不需要衛繁星問話，紀佩琪就原原本本將昨日回來河裡村之後發生的事情都說給了她知曉。

「嗯，既然分了家，那就另外找住處，總不能一直這樣分著住。」

而且吳伊川還根本沒有睡覺的地方。想當然，衛繁星此次過來，一次就要把所有的問題徹底解決掉。

「衛會計，令妹如今嫁在河裡村，完全可以自行在河裡村安家的。」當地府衙的捕快聽到這裡，幫忙提議道。

「安家是要去府衙報備的吧？這個流程我具體不是很懂，還煩請諸位幫忙介紹一番。需要多少銀錢，我們一併交上，就盼著給我家妹妹安置一個稍微妥當的住處。」衛繁星沒有遮掩她想要給紀佩琪拿錢買屋子的打算。

「要是屋子寫令妹的名字，就需要報備。不過令妹嫁的就是河裡村的人，也可以不報備，按著吳家人的名額來分派住處。」

一句話，紀佩琪不是當地人，需要報備；吳伊川是當地人，分屋子分地，理所應當。

「那還是報備吧！」衛繁星不假思索就做了選擇。「需要多少銀錢，我這邊直接給了。

我家妹妹一個姑娘家，手裡沒多少銀錢的。」

「登記報備不需要多少銀錢的，一百文就夠了。不過，分地需要銀錢，若需要另起屋子，也需要銀錢。這些就看衛會計選中哪塊地了。」好的地段，銀錢肯定多，不好的地段就便宜一些。

衛繁星登時點頭。「一事不煩二主，正好就麻煩諸位隨著我們一起在這兒附近走走，實地看看都有哪些地方可供我們選擇的。可是方便？」

「當然方便。本來遇上這樣的事情，我們也需要來村裡走上一遭的。」當地府衙捕快對衛繁星的態度是真的好，可以行的方便，當然不會故意刁難。

於是接下來在這幾位捕快的帶領下，衛繁星很快就幫著紀佩琪挑了新的住處，連銀錢都當場拿了出來。

另起屋子當然是不必，時間太趕，也沒這個必要。紀佩琪直接挑了一處帶屋子的住處，當天就能入住，省心又省事。

衛繁星出手爽快，幾位捕快也不是拖拖拉拉的人，當即派出一人，領著紀佩琪回府衙蓋章辦手續。

剩下的捕快就繼續跟在衛繁星的身後，行保護職責。

等一圈轉過來，衛繁星他們再次回到地裡找到紀彥坤的時候，紀佩琪在河裡村安家的事情已經塵埃落定。

關鍵是從頭到尾都沒有透過村長。

村長有些鬱悶，本以為紀彥坤一個小孩子很好套話，可紀彥坤只知道埋頭幹活，根本不理睬他。

好不容易開個口，還是讓他一邊站著去，別擋著地裡的事。差點沒把村長活活氣暈過去！

這都是哪裡冒出來的愣頭青？有他這個村長在，這活計還不是兩三句話就能免除的，哪裡需要這麼賣力地幹？

紀彥坤與其浪費一身的傻力氣幹這麼多的活，還不如停下來好生跟他說幾句話來得有用呢！

更讓村長沒料到的是，他這邊還沒順利找到紀彥坤的突破口，衛繁星那邊竟然給他幹了一件大事。

等衛繁星身邊的捕快輕描淡寫地知會他的時候，村長整個人都是懵的。

什麼、什麼？紀佩琪要在河裡村安家，置辦住處寫的還是她的名字？那豈不是意味著，紀佩琪以後這一輩子都要留在河裡村？

瘋了吧？紀佩琪再也不回鳳陽城了，打定主意留在河裡村刨地了？

不可思議地看著一臉平靜的紀佩琪，村長好半天都沒說出話來。

他為什麼一直那麼積極地幫著兒子想要將紀佩琪娶回家來？還不是想著紀佩琪過兩年回鳳陽城的時候，能把他家兒子也帶去城裡享福！

他們家祖祖輩輩都是鄉下人，難得有這麼好的機會可以出一個城裡人，村長夜裡睡覺都美得直樂呵。

也是存著這樣的期盼，哪怕紀佩琪嫁給了吳伊川，村長也沒準備放棄。

只要紀佩琪還在河裡村，就必須得受他的箝制。兩年時間，還不夠他鎮壓住一個吳伊川，順利送他家兒子去鳳陽城？

可是現在卻告訴他，紀佩琪不回鳳陽城了？

真要是這樣，他還打什麼算盤，有什麼指望？

紀佩琪比起他們河裡村的姑娘，好就好在一個出身，若紀佩琪不能帶著他們家兒子回鳳陽城，這個兒媳婦還不如村裡的姑娘能幹活呢！

頃刻間被冷水澆了個透心涼，村長變得蔫蔫的，怎麼也說服不了自己。

紀佩琪到底是怎麼想的？腦子傻了嗎？平日瞧著也不像是個蠢的啊……

因為過於震驚，村長沒有為難紀佩琪在河裡村安家的事情。

當然，有衛繁星在，有當地府衙捕快在，哪怕村長想要刁難，也不敢有所舉動，亦是事實。

於是所有人都眼睜睜看著，下了工的吳伊川就這樣光明正大地隨著紀佩琪住進了新屋子。

羨慕的、嫉妒的、好奇的，一時間眾說紛紜，極其熱鬧。

最震驚的，當屬吳家人了。

他們昨天才剛跟吳伊川分了家，將吳伊川趕出了吳家。今日，吳伊川就飛黃騰達，攀附上從鳳陽城來的貴人了？

他們倒是想要去找吳伊川鬧，可那捕快大爺說得很清楚，這屋子寫的是紀佩琪的名字，可不是吳伊川的。

他們哪裡敢在這個時候去找紀佩琪？

也不單單是這個時候不敢去，光是今天府衙捕快跟著紀家人過來的排場，吳家人此後都不敢招惹紀佩琪的。

連帶對吳伊川，也是敢怒不敢言，一聲都不敢吭了。

紀佩琪沒有想到，本來很麻煩的事情，這麼順利就解決了。

就在昨日，她還覺得一頭亂，怎麼理都理不清楚。對衛繁星這個大嫂，不禁就越發感激和敬重。

「先別急著謝。兩年後，你們要是都能回鳳陽城，再來跟我說謝。」今日對紀佩琪的幫忙，在衛繁星這裡就是出了點銀錢，算不得什麼。

真要說到「謝」，還得等到回鳳陽城，徹底改變紀佩琪和吳伊川的命運，才是時候。

「都要謝的。不管是現在還是兩年後，大嫂都是我們夫妻兩人的大恩人。」紀佩琪卻是神色鄭重，堅決道謝。

吳伊川也言詞誠懇地道了謝。不單單是道謝，還有對衛繁星的承諾。他發誓，以後一輩子都會對紀佩琪好，絕對不會辜負紀佩琪。

「記住你自己親口說出來的承諾，否則等著你的，可不是我一個人的怒氣。」衛繁星輕哼一聲，對吳伊川就沒什麼好語氣了。

是警告，更是震懾。

吳伊川記下了衛繁星的警告，而且是牢牢記在了心裡。如今用言語來形容，過於蒼白無力，只待日後，他勢必會拿實際行動證明的。

第四十二章

既然紀佩琪在河裡村安了家，該辦的喜酒肯定要辦。

衛繁星出手大方，直接給了紀佩琪十兩銀子，讓紀佩琪備用。

紀佩琪想要推辭的，在她看來，二兩銀子足夠了。

但衛繁星不答應。

銀子又不燙手，多些留在身邊備用，日後但凡有個萬一，心裡也能不慌。否則河裡村離鳳陽城那麼遠，她哪裡能隨時把救急的銀錢送過來？

被衛繁星這麼一說，紀佩琪原本推辭的手就收了回去，老老實實地點點頭。

接下來，紀佩琪也能挺起腰桿，給自己和吳伊川辦喜宴了。

紀佩琪自己在河裡村沒有什麼親朋，好友也不多；吳伊川才剛跟吳家鬧崩，關係亦算不得融洽，所以這次的喜宴沒有大辦，就是小小地熱鬧一下。

一開始只準備了衛繁星和紀彥宇、紀彥坤的飯菜，可從鳳陽城跟來的捕快，還有當地府衙的捕快，他們都說要討杯喜酒。

再就是當地糧站，也來了好幾人提著東西道賀……

於是最終，紀佩琪和吳伊川的喜宴就辦了三桌。

成親無疑是熱鬧的，最熱鬧的，還屬當地知府大人這一日竟然也送來了賀禮！

這就是天大的臉面了，讓紀佩琪在河裡村徹底立足的最大底氣所在。

至此，河裡村的村長不敢再多說其他的，更不敢明裡暗裡地刁難紀佩琪。就連吳伊川，也是一樣的待遇。

確定紀佩琪在河裡村不會再有大的難處，衛繁星這才帶著紀彥宇和紀彥坤啟程回鳳陽城。

等到紀佩瑤他們知曉紀佩琪已經嫁人，直接就炸了。

然而，再驚訝也是無濟於事，如今事情已成定局，無力回天，只能認了。

同樣震驚的還有紀昊渲。

不過，紀昊渲的接受速度明顯要比紀佩瑤他們快。

或者說，家裡不管是哪個妹妹成親嫁人，在紀昊渲這裡都是理當祝福的喜事和好事，只要妹妹們過得好，他就放心了。

與此同時，紀昊渲給紀佩琪寄去了遲來的賀禮。

如今他手裡也算有了銀錢，不再如之前那般捉襟見肘，倒也能夠買些邊關的特產寄給家人了。

同樣收到特產的，還有身在鳳陽城的衛繁星和紀佩瑤一眾人。

「大哥買東西完全不懂得挑的。」

邊關的皮毛很好，但是紀昊渲買的顏色，紀佩芙並不是很喜歡。

「有的穿就不錯了，怎麼還挑剔上了？」

鳳陽城的冬日很冷，紀佩瑤卻是很喜歡紀昊渲寄回來的這些皮毛。

「可是白色的容易髒啊！」紀佩芙嘟囔道。

「不是還有棕色和黑色的？」紀佩瑤指了指旁邊。

「別！棕色和黑色肯定要給小六他們幾個男孩子，我還是要白色的吧！」儘管不是很中意白色，可是換了棕色和黑色，紀佩芙更加不喜歡。

「妳還真是……」紀佩瑤無奈地搖搖頭，轉而看向衛繁星。「大嫂，給妳也選一條白色的？」

「我都成。什麼顏色不重要，保暖就行了。」衛繁星是真不挑顏色，哪怕給她棕色和黑色，她都不介意。

紀佩瑤就扭頭看向紀佩芙，一切盡在不言中。

「不是，大嫂和我不一樣。大嫂都已經嫁人了，不愛美了。」瞬間就被比下去的紀佩芙堅稱自己的想法沒錯。

衛繁星就笑了，很是意味深長地說道：「佩芙，妳要是馬上準備嫁人，趕明兒我親自帶妳去買。妳喜歡什麼顏色，就買什麼顏色，如何？」

「不用！白色就很好，我就要白的！」幾乎是沒有任何猶豫，紀佩芙應答得很迅速。

「看妳下次還敢不敢亂說話！」紀佩瑤斥責的聲音並不大，卻也是實實在在地點撥紀佩芙。

「知道了、知道了，下次不敢了。」紀佩芙乖乖認慫。

說著話的工夫，紀家有人上門。

這一次，不再是紀家的親戚，而是衛繁星的娘家人。

乍一看到衛家人，衛繁星還有些愣怔，慢了半拍才反應過來，這些人是來找自己的。

至於原因，無外乎是知曉了衛繁星如今過得不錯，故而想要再度將衛繁星的心拉回去。

其實衛家直到現在才找過來，對衛繁星而言還有些意外。

畢竟紀家的那些親戚過年的時候就來過了，衛家如今才登門，委實晚了半年。

衛家人哪裡是故意晚來的？他們之前是真不知道衛繁星竟然背著他們考中了會計。

自家人知曉自家事，就他們家女兒的能耐，怎麼可能是當會計的料？就因為根本沒有指望過，哪怕聽說鳳陽城多了一位會計，衛家人也沒往自家女兒的身上想。

但凡他們早點知道衛繁星已經飛黃騰達，怎麼可能這麼晚才出現？

不過讓衛家人沒有料到的是，現下的衛繁星跟他們實在太生疏了，任憑他們怎麼熱情主動，衛繁星的反應都淡淡的。

如此一來，衛母率先就不樂意了。

「三丫頭怎麼回事？這是妳對娘家人的態度？」

「不然呢？」

衛繁星對衛家人確實沒什麼耐心。當著紀佩瑤他們的面，就直截了當地表現出了對衛家的不喜。

「不是，妳這丫頭跟自家人鬧什麼脾氣呢？」

在衛母眼裡，衛繁星的反應很莫名其妙，毫無道理而言。

「爹、娘，我以為咱們大家都心知肚明的，還需要我把話說得更直？」衛繁星不喜歡拖拖拉拉。既然衛母問了，她也就直接說了。「我之前已經把帳房的活計讓給小弟了，嫁人也沒拿家裡一文銀錢的嫁妝，我不虧欠衛家。」

「沒人說妳虧欠衛家，可妳也不能嫁了人，就不再跟娘家人走動了吧！」

衛母就覺得，衛繁星這個人的心太狠了點。

「不是爹和娘自己說的，嫁了人就不是衛家人了，沒什麼事別往娘家跑？你們衛家窮，幫襯不起那麼多的親家？」衛繁星嗤笑一聲，說道。

當初可是衛父衛母自己說的，生怕衛繁星在紀家的日子過不下去，回去找他們求助。

彼時說得冠冕堂皇，態度也頗為強硬，如今反倒假裝什麼事情也沒發生了？

「妳這丫頭，怎麼還跟自家爹娘記上仇了？」提及此事，衛母是心虛的，當即想要糊弄過去。

衛繁星撇撇嘴，並不打算任由衛母揭過此事。

「不是記仇，我這是聽話。爹娘之前說過的每一句話，我都牢牢地記在心上，不敢忘記，也不敢不聽。」

「妳這……」明顯感覺到衛繁星就是跟娘家離了心，衛母一時間就不知道該怎麼說話了。

衛父就沒那麼多耐心了，開門見山地說明來意。「妳給妳小弟再換一份活計。」

衛繁星頓時就笑了，根本不接衛父的命令，臉上滿是嘲諷。

一看衛繁星這般表情，衛父火冒三丈，抬手就要打人。

「不准打我大嫂！」

紀彥坤和紀彥宇同時站了出來，擋在衛繁星的面前。

雖然兩個小孩子都不大，可紀彥坤穿得是捕快的衣裳，身分不同。紀彥宇一身學子袍，冷著臉站在那裡，亦是氣勢十足。

只要不是瞎的，都能看得出來，紀家這兩個孩子日後勢必前途無量。衛父自詡閱人無數，當然不會隨隨便便就把紀家人開罪。他可是在來之前就打探清楚了，紀家這個七小子，如今在衙門極其吃香，多的是撐腰的人！

不過眼下這般情勢，明顯對衛家不利，著實讓衛父心生不悅。

「衛繁星，衛家生養妳這麼多年，妳就是這般回報衛家的？」

「我不是已經將活計白白送給了小弟，回報過衛家了？」

跟衛繁星打感情牌，她不認。

「所以妳以後都不管妳小弟了？」衛父皺起眉頭，語氣很有些凶。

「不是，三丫頭妳聽娘說，妳小弟實在幹不來帳房的活計，都算錯好幾次帳目了。酒坊管事如今要把妳小弟換去看大門，妳可不能不管妳小弟的死活啊！」眼見衛父要跟衛繁星吵起來，衛母顧不上家醜，急急忙忙解釋道。

衛君寶不會算帳這件事，衛繁星並不意外。

衛家對兩個兒子都極其寵慣，衛家二哥衛君易是個扶不起的阿斗，衛君寶這個小兒子也並不例外。

唯一的差別是，當時衛父衛母給衛君易找的活計是體力活，不需要動腦子，衛君易雖然嫌苦嫌累，到底幹得來。

而衛君寶搶了原主的帳房活計，看似輕鬆，卻實實在在不容許出錯。會鬧出么蛾子，是早晚的事情。

「看大門不是挺好的？幹麼一副要死要活的模樣？」衛繁星不以為意地說道。

「看大門哪裡好了？辛苦不說，也不體面不是？」

要是從前沒有帳房的活計之前，能給衛君寶找這麼一份看大門的活計，衛母也是心滿意足的。

最起碼每個月都有銀錢拿，也不愁吃喝，可這不是過慣了體面的好日子，就受不了太大的落差？

第四十三章

再說了，衛繁星這個親姊姊可是糧站的會計，衛母就想著讓衛繁星在糧站給衛君寶安排一份更輕鬆、月錢也更高的活計。

對了，還有衛君易。衛繁星這個妹妹可不能厚此薄彼，得一起兼顧著，幫忙換一份更好的活計才行。

衛母的算盤打得很精，不過衛繁星一個也不答應，更不會理睬。

別說她有沒有這麼大的本事和能耐，哪怕確實能找到活計，也輪不到衛君易和衛君寶的頭上。

被衛繁星當面拒絕，衛父衛母的臉上都不好看，包括一起來的衛君易和衛君寶，都朝著衛繁星露出了不滿神色。

他們本以為就是三言兩語的簡單事情，結果卻被衛繁星一而再地推脫。

說到底，衛繁星就是無心幫襯娘家，也不願意理睬他們的死活。

衛繁星確實不在意衛家兄弟的死活。

這兩人能過得好，是他們自己的命；過得不好，也別跑來道德綁架她，她才不吃這一套！

「我們回來了！」

紀佩芙推開家門的時候，看到的就是這麼一副對峙的畫面。

「幹麼呢？」明顯感覺到衛家來者不善，紀佩芙臉上的笑容收起，質問出聲。

紀佩瑤落後一步，跟著走了進來，神色變得異常嚴肅。

看到紀家姊妹花出現，衛家人是不以為然的。

可不等他們說話，紀佩瑤身後又跟進來一個人。

這一次，衛家人就不敢小覷了。

賀鳴洲自然是不認識衛家人，逕自走去廚房，把他們才剛買回來的魚和肉放好，這才再度出來。

衛家人卻是認識賀鳴洲的。或者說整個鳳陽城，就沒人不認識這位威風凜凜的總捕快。

「三丫頭，這位是？」幾乎是下意識地，衛母就向衛繁星確認道。

「知府衙門的賀總捕快啊！」衛繁星這般回答，就是故意的了。

衛母心下越發著急，想要追問，卻又礙於賀鳴洲本人在場，不敢過於冒失。

衛父和衛君易他們三父子也都沒了聲音，看向賀鳴洲的眼神帶著明顯的怵怕。

賀鳴洲對他人的情緒向來敏銳，像衛家人這般表現，他輕易就能看出異常。

再然後，賀鳴洲的臉色更冷，整個人的氣場變得越發凜冽。

衛家人嚇得快要喘不過氣來，面色齊齊發白，只盼著賀鳴洲盡快離去。

只可惜是不可能。賀鳴洲如今已然算得上是半個紀家人，時常都會來紀家用飯。今日，亦是如此。

更甚至賀鳴洲一副主人家的做派，走到堂屋坐了下來。

紀彥坤反應也快，二話不說給賀鳴洲送上一杯茶水。

「老大，慢用。」

一聲「老大」，足以震懾住衛家人；再聽到「慢用」二字，衛家人不敢再心存僥倖，連告別的話語都沒有，灰溜溜地跑了。

「賀總捕快還真有用！」

看了這麼一齣好戲，衛繁星不由朝著賀鳴洲豎起了大拇指。

紀佩芙也是忍俊不禁，揶揄地戳了戳紀佩瑤的胳膊。「以後咱家就靠四姊了。」

「瞎說什麼呢！」紀佩瑤有些羞澀，又有些無奈。

「老大確實厲害。」紀彥坤也忍不住感慨道：「都是捕快，我怎麼就嚇不退這些人呢？」

「你還小。」紀佩芙直接就丟了三個字過去。

紀彥坤癟癟嘴，有些不服氣，卻又不得不承認事實。

衛繁星這次出公差後，接下來的半年都沒有大動向，日子著實輕鬆又愜意。又是新的除夕到來，衛繁星接到通知，年後直接去府衙報到！

「那大嫂以後就不在糧站了？」紀佩芙詫異地問道。

「嗯。」衛繁星點點頭。「以後我就要去府衙後廚找妳吃飯了。」

「大嫂這算是升遷嗎？」紀佩瑤不確定地問道。

「算！怎麼不算？糧站再好，也比不過府衙的！」紀佩芙想也沒想就回道。

「確實算。」

衛繁星也沒想到，她在糧站沒當上總帳房，卻調職到府衙去了。

不過糧站這邊，她還有其他安排。

「佩瑤，妳在油坊的活計先讓出來，年後再去糧站那邊找梅總帳房。」

「啊？怎麼讓？讓給誰？」早先說好了要留給三姊紀佩琪的活計，突然讓出來，紀佩瑤有些懵。

「還能給誰？妳三姊夫。」

若是可以，衛繁星是不打算管吳伊川的。可紀佩琪已經嫁人了，她也不可能真的坐視不理。

畢竟真要讓吳伊川一直留在河裡村，紀佩琪根本無法安心回鳳陽城。

「三姊不是還有一年才能回來？先讓三姊夫來鳳陽城的嗎？」紀佩瑤有些不贊同。「那三姊一個人在河裡村要怎麼辦？」

「這也是沒辦法的事情。糧站那邊難得有空缺，這麼好的機會一旦錯過，是真沒下次了。」

畢竟衛繁星馬上就要離開糧站，哪怕糧站再有空缺，她也不一定能及時得知消息。更何況這次的工作空缺，嚴格來說是衙門和糧站一起為衛繁星設置的補貼，就是為了照顧衛繁星的家人。

想當然職位不錯，活計輕鬆，月錢也不少，遠非油坊那邊可以比的。

衛繁星的安排，紀佩瑤自然是聽從的。不過，她擔心的是……

「那樣的話，等三姊回來，豈不是沒有活計了？」

「這是妳三姊自己的選擇，一開始就說好了的。」見紀佩瑤似乎想要將糧站的活計讓出來，衛繁星直接就搖了搖頭。「一視同仁，家裡每個人都只有一次機會。除非其他人都不缺活計，再有多的，才可能輪到佩琪。」

「四姊，妳就別讓了，妳這邊還有賀總捕快需要考慮呢！」

紀佩芙也覺得不能讓。

在自家人的心裡，紀佩瑤肯定是最好的，但如果紀佩瑤能有糧站的活計，底氣就更足了。

「那我先幹著。等三姊回城，咱們再一起商量怎麼辦。」

現下確實不是禮讓的時候，紀佩琪一時間也沒辦法回城，紀佩瑤便想著，跟在油坊一樣，她先幹著。

衛繁星沒再多勸。紀佩琪那邊，她已經去了書信，不出意外，年後吳伊川就會來鳳陽城。

屆時，還得看看紀佩琪和吳伊川兩人是怎麼商量的。

這一年的新年，衛繁星他們如去年一樣，過得很歡鬧。

紀家的親戚和衛家人依舊有上門，卻都被攔在了外面。

不管是衛繁星還是紀佩瑤他們，態度一如既往地堅決，不打算再理睬這些煩心的人和事。

至於余家人，自從余家外婆和余家三舅母被送去牢房後，便再也沒有出現在衛繁星和紀家人的生活中。

對此，衛繁星和紀家人都非常樂見，也甚是滿意。

年後，吳伊川果然如期而至。

「佩琪年底就能回城了，她交代我先過來幹著，多幫家裡幹些活。」吳伊川是有些侷促的，也有些拘束。

原本他不想自己先過來，可紀佩琪說，機會實在難得，錯過就再也沒有了。哪怕是為了他們自己的未來，吳伊川也必須得來。

在思考了數日後，吳伊川到底還是點點頭，一個人先行來了鳳陽城。

不過他跟紀佩琪約定好，每十日就互通家書，每三個月他就找機會回河裡村。再來就是一到年底，他馬上去河裡村接紀佩琪回鳳陽城。

紀佩琪和吳伊川小夫妻的約定，衛繁星當然不會攔著。對於吳伊川說暫時不住在家裡，她也沒強求。

油坊那邊是管住宿的，但是條件並不大好，十來人睡一個屋子，還是大通鋪。反正衛繁星是接受不了的，紀佩瑤這麼溫柔的性子也適應不來。

不過很明顯，吳伊川吃得了這個苦，而且很快就熟悉了在油坊的活計，幹活甚是認真賣力。

吳伊川這邊安頓好了，紀佩瑤便能安心去糧站了。

儘管是換了新地方，可因為衛繁星之前就在糧站做會計，大都是熟人，乃至紀佩瑤很快就被糧站的大家接納，並未受到任何為難。

至於衛繁星自己，就是去府衙開啟新的地圖了。

黃主簿很歡迎衛繁星的到來，或者說，是很期待。

他本人對府衙別的事情都很擅長，偏生在帳目這一塊，著實是兩眼黑。

之前每次糧站報上來的帳目，他都不得不逼著自己看，好多次都是熬夜核算各種數目，還不一定能核算對。中間無數次的再倒回去重新演算，著實煩不勝煩。

直到衛繁星的帳目送上來，較之以往委實清楚明瞭，省去黃主簿不少工夫。

但即便如此，黃主簿還是不喜歡看帳目。

如今，衛繁星被調來府衙，黃主簿猶如盼到福星，立馬就把相關帳冊盡數都送到了衛繁星的面前。

「來來來，衛會計別這麼客氣了。以後咱們府衙的這些帳目，就都辛苦衛會計多多長眼了。」

完全沒跟衛繁星客套，黃主簿一上來就說起了正事。

之前才剛去糧站上班的時候，她可不是這般待遇，算不得坐冷板凳，但也確實耗費了一些時間才磨合完畢。

沒承想來到府衙，她竟然第一時間被委以重任了。

衛繁星頓了頓，不由好笑。

「黃主簿放心。帳目相關的事情，都交給我便好。」

第四十四章

按著黃主簿的話來說就是，自從府衙有了衛繁星，他的日子就格外輕鬆了。自然而然，黃主簿對衛繁星在府衙的工作特別配合。不管衛繁星要什麼，他都沒有任何二話，立馬幫忙找出來。

也多虧了黃主簿的給力支持，衛繁星以最快速度適應了在府衙的新工作。同時，跟她之前去過的六個城鎮的府衙也都建立了穩定的聯繫網。

以後但凡有什麼需要，六個城鎮的府衙可以隨時來信諮詢。相對應地，她如果有需求，也是不會遮遮藏藏的。

鳳陽城的知府大人對衛繁星印象很好，對她工作能力也極其信任。對上報備積極，沒有丁點的虛言，對下放手特別快，給予衛繁星的職權也特別大。

就在衛繁星忙忙碌碌地在知府衙門站穩腳跟之際，紀佩琪下鄉所在的臨平城，出現了水災。

自古天災人禍總是特別駭人，也尤其令人備感無力。起先，臨平城的災情並不是很嚴重，府衙也沒有太過重視。

哪想到三日之後，河水一再決堤，衝垮了大片屋子以及在種的莊稼，更是傷及了無數性命。

這個時候，臨平城的知府大人後知後覺地意識到了嚴重性，不敢再怠慢，急急忙忙向朝廷上報。

而朝廷給出最快的應對法子，就是臨近的城鎮在最大範圍的力所能及下，盡快趕往臨平城，施予援手。

此事本來跟衛繁星沒有太大的關係，畢竟她只是府衙管帳目的，而且是才剛調任沒多久的新人。

可想到紀佩琪人在臨平城，吳伊川又被她弄來了鳳陽城……衛繁星心下一個咯噔，有了不祥的預感。

再然後，衛繁星主動請纓，前往臨平城救助。

黃主簿想要阻攔的，但這種事情總得有人上，不是衛繁星，就會是府衙的其他同僚。更甚至，還有可能是他自己。

抿抿嘴，黃主簿到底還是保持了沈默。

鳳陽城的知府大人是有些猶豫的，同時也很震驚。他萬萬沒有想到，危急時刻最先站出來的，竟然會是衛繁星這麼一個女子。

倒不是他看不起女子，只不過此次情況極其危急，多少人只恨不得遠遠地避開臨平城，卻鮮少有衛繁星這般主動請纓的。

在鄭重其事地考慮之後，又再三確認了衛繁星的個人意願，知府大人到底還是點了頭，並且還欽點總捕快賀鳴洲隨同前去。

一聽衛繁星要去臨平城，紀彥坤立馬就要跟著一塊兒去。

家裡本來想要攔著他，可平日其他事情都特別聽話的紀彥坤，此次卻是說什麼也不放棄。

加之有賀鳴洲打頭陣，紀彥坤就越發不肯服軟地留在家裡了。

最終，帶著紀佩瑤他們的濃濃擔心和關懷，衛繁星在賀鳴洲和紀彥坤一行人的護送下，帶著鳳陽城緊急救助的物資，前往了臨平城。

因去年來過，也算得上是熟門熟路，衛繁星他們並沒有走冤枉路。但是水災嚴重，到底還是在路上耽擱了不少工夫。

尤其是越靠近臨平城，問題就越發嚴重。好幾次他們差點都沒辦法出行，好不容易才艱難地抵達臨平城內。

這個時候的臨平城已經是觸目驚心，損失慘重了。

哪怕府衙最大力度地調動了可以動用的一切資源，也補不上這些源源不斷湧入的災民的漏洞。太多的百姓流離失所，缺衣少糧。府衙能夠補給的到底有限，說是已經陷入絕境，絲毫不是誇大其辭。

好在衛繁星來得及時，著實為臨平城府衙解除了燃眉之急。

在來之前，衛繁星設想過她要如何盡快找到紀佩琪，再如何將紀佩琪安好無損地帶回鳳陽城。

但是，現下親眼目睹臨平城百姓的災情，她實在沒辦法袖手旁觀。顧不上其他，就一門心思投入了救災之中。

賀鳴洲和紀彥坤他們也都是深有感觸，始終都堅守在衛繁星的身邊，幫著一起解決各種困難。

這一救災，就是整整一個月。期間遇到的難處數不勝數，好幾次救災物資都差點損耗到極限。

好在，朝廷沒有忘了臨平城，周遭的城鎮也一次又一次地施予了莫大的幫助。

一個月後，災情暫時得到緩解，臨平城的百姓大多得到妥善安置。哪怕只是臨時的，卻也足夠讓他們疲憊不堪的身體和心靈得到稍稍緩解和休息。

衛繁星就是在這個時候才找到紀佩琪的。

「三姊！」紀彥坤直接就撲了過去。

是慶幸，更是愧疚。

明明一個月前就來到臨平城，但直到此時此刻，眾人都得到安置，他才找到紀佩琪。

「大嫂，小七，賀總捕快。」紀佩琪的精神狀況尚且穩定，臉上帶著與有榮焉的驕傲笑容。「我早就知道你們來臨平城了。這一個月，你們一直在竭盡所能地幫助臨平城的災民，我是故意沒有去找你們的。」

「怎麼樣？還好嗎？有沒有哪裡不舒服？」

衛繁星一直都知道，紀家的孩子品性極好。如今的紀佩琪，再度印證她的認知。

「嗯，我都還好。」紀佩琪點了點頭，無意識地摸了摸自己的肚子。「就是肚子裡的孩子老是會折騰。估計是被餓的。」

「妳懷孕了?!」衛繁星震驚道。

這麼大的事情，竟然都沒有跟家裡說！

若她早點知道，肯定不會將吳伊川叫去鳳陽城的。無論如何，都要把吳伊川留在河裡村照顧紀佩琪才對。

「嗯。我也是最近才發現的，都沒來得及向家裡報信。」

紀佩琪不是故意瞞著家人。就連吳伊川，也不知道此事。

她是在吳伊川離開之後才察覺到的。這個時候再把吳伊川叫回河裡村，無疑不妥當，也沒這個必要。

事已至此，衛繁星也沒多說什麼，只是仔細確定紀佩琪是否真的沒有不舒服。

紀佩琪確實還好。她本來就有囤糧的習慣，加之肚子裡有了孩子，就又多買了不少吃食備在家裡。

水災發生的時候，紀佩琪反應快，別的沒拿，唯獨吃食都帶上了。

也所以這一個月，她有遭罪，但沒有遭太大的罪。至少比好多一丁點吃食也沒有的災民，要幸運很多。

「你們河裡村此次也遭了水災，妳暫時肯定回不去河裡村了。這樣，妳先去我的住處，暫時跟我住一起。接下來具體要怎麼安排，我會跟這邊的知府大人協商斟酌。」

若是之前，紀佩琪會拒絕衛繁星的特殊照顧。

不是自我清高，而是不想給衛繁星增添麻煩。

但現下，考慮到她肚子裡的孩子，紀佩琪沒再一口拒絕，而是輕輕點了點頭。

水災嚴重，百姓皆是受到重創。一起被牽連的，還有無數青郎君和青娘子。

對此，當地知府大人亦是心下有數。聽聞衛繁星要安置紀佩琪，知府大人沒有任何異議，就應允了。

此外，知府大人還有些發愁。「說起來，如今這些青郎君和青娘子也都是大問題。送回原籍不符合朝廷律法，可留在這邊，咱們確實沒辦法顧全。」

「也是可以先行送回原籍的吧！並非是讓他們回城鎮，而是安排他們就近去鄉下。這樣一來，臨平城的危機就能緩解一些，多多少少也算是一個出處。」衛繁星確實有私心，但也是真心實意幫忙解決問題。

紀佩琪如今就只剩下不到一年的青娘子生涯，不管是在臨平城還是回鳳陽城，時間都過得很快。或許會遇到一些難處，但總歸會過去的。

反之，餘下的那些青郎君和青娘子此次遭逢大難，怕是更需要旁的慰藉。

「好主意！」臨平城的知府大人完全沒想到還可以這般處理，當下沒有猶豫，就把衛繁星的原話上報給了朝廷。

十日後，臨平城所有還活著的青郎君和青娘子都接到通知，可以回家了！

沒錯，就是回家。

哪怕不能回城鎮，至少他們都能回自己家鄉所在的歸屬地。即便同樣是鄉下，離家更近，於他們而言也是莫大的歡喜。

妥善送走一大批青郎君和青娘子，知府大人長長地鬆了口氣。

再然後，衛繁星他們一行人也要回鳳陽城了。

「此次臨平城大難，承蒙衛會計大義相助，在此感激不盡。」知府大人是真的很慶幸，危難時刻有衛繁星這個強大又冷靜的幫手在一旁出謀劃策。若沒有衛繁星在，他好多次都束手無策，早不知道要如何應對了。

「知府大人言重，一切都是我理當做的。」衛繁星沒有居功。天災人禍之前，最苦最受罪的還是無辜的老百姓。她能做的到底有限，只盼望能最低限度地減少損失和痛苦。

也好在臨平城這位知府大人是熟人，願意聽勸，她好歹沒有多做無用功，切切實實地幫上了當地的老百姓。

若是換一個剛愎自用的知府大人，即便衛繁星再是有心，也幫不上什麼忙的。

「衛會計高風亮節！」知府大人大受觸動，再度誠摯感激。

第四十五章

離開臨平城，衛繁星他們沒有在路上過多停留，逕自回了鳳陽城。

接下來，就是數十日的好好休養生息了。

此次前往臨平城，所有人都累了，身體累，心也累。好在最終結果是好的，自然而然也都得到了應有的休息。

待到衛繁星再度去知府衙門上班，就被告知，她升官了！

這是正兒八經地授予官職，雖然是最小的官職，可身為女子能被封官，便是莫大的殊榮，也是難能可貴的機會。

卻原來是臨平城的知府大人，上書了一封感人涕淚的陳情表，講述了衛繁星在過去的一個月裡為臨平城所做的一切。言詞之辛酸，情勢之險峻，盡數彰顯了衛繁星的冷靜強大，以及足智多謀。

原本衛繁星的會計身分就是加分項，加上她此次在臨平城的卓越表現，連同最後為青郎君和青娘子出路的良策，都實打實地令人刮目相看，直接在聖上面前留下了極佳的印象。

考慮到臨平城如今正值百物復甦之際，也是為了安撫人心、獎勵功臣，聖上破例給了衛繁星一個隸屬戶部的小小官職。

「衛大人！恭喜、恭喜！」曾經的衛會計不復存在，搖身一變成了衛大人。

衛繁星有些懵，不是很確定地問道：「那我以後是留在鳳陽城？」

「自然不是了。衛大人得去乾元城報到，以後便在戶部任職了。」黃主簿幫忙解釋道。

衛繁星頓住，一時間沒有說話。

於她而言，當然是不害怕陌生環境的。只要她想，無論在哪裡，都能過得很好。

只不過如此一來，衛家這些小的，要怎麼辦？

紀彥坤本來是很高興地哈哈大笑，突然聽到這般，登時就不答應了。「我大嫂家在鳳陽城，幹麼非要去乾元城？」

「紀小七，你說呢？」黃主簿也知道，衛繁星拖家帶口的，前往乾元城肯定諸多不捨。但皇命在前，根本由不得衛繁星拒絕。何況，當官是好事，尤其還是女子為官，對衛繁星真的是極大的榮耀了。

「該去。」沈默如賀鳴洲，也在這個時候表態了。

「不是，可我大嫂……」紀彥坤還想多說什麼，卻被賀鳴洲捂住了嘴巴。

府衙人多嘴雜，有些話語哪怕心裡確實是這麼想的，也不能說出口。否則，牽連甚廣。

給了賀鳴洲一個讚許的眼神，衛繁星沒有理睬紀彥坤的抗議，施施然應下官職，又收了官牒。

至此，衛繁星便是板上釘釘的朝廷官員了。

因為要離開鳳陽城，衛繁星便開始做準備。

紀家人要安排，一直在鳳陽城的人脈也得在離開前最後維繫一下。

是以，衛繁星還挺忙的。

「大嫂，妳真要去乾元城啊？」紀佩瑤對乾元城的印象實在不怎麼好，說是心裡有陰影也不為過。

「嗯，要去。」既然已經決定了要去，衛繁星自然不會拖泥帶水，說著還拍了拍紀佩瑤的肩膀。「你們留在鳳陽城要好好照顧自己。如今佩琪也回來了，雖說人還在鄉下，到底離得近，一個時辰就能見到。但凡遇到什麼難事，你們只管去找佩琪商量。」

相較之下，衛繁星對紀佩琪是更信任的。

不單單是因為紀佩琪年紀比紀佩瑤他們大，更因為紀佩琪這近十年的青娘子生涯經歷多多，閱歷遠非一直留在鳳陽城的紀佩瑤他們可以比之。

「我知道的。」雖然萬般不捨，紀佩瑤到底還是輕輕應了聲。

「那大嫂，妳以後還能回來嗎？」紀佩琪關心的，就是他們何時才能再團聚了。

「若我一直在戶部，肯定只有過年的時候才能回來了。」

其他時候，衛繁星怕是抽不出那麼多的時間往返鳳陽城和乾元城。

「不行我們就去乾元城找大嫂！」紀彥坤氣鼓鼓地嚷嚷道。

「你應該去不了，彥宇倒是可以。」

確定要去乾元城之後，衛繁星對家裡這些小的今後發展全都在腦子裡過了一遍。

紀彥坤不出意外，就是定在鳳陽城知府衙門了；很光明的未來，完全不需要擔心。

而紀彥宇如果要科考，之後是肯定要去乾元城的；屆時，倒是可以在乾元城跟她見面。

「我明年本來就打算科考。」

二月縣試、四月府試、八月院試，紀彥宇一個也不打算漏掉，都要走上一遭。

「這麼早就科考的嗎？」衛繁星愣了愣。

她還以為，紀彥宇要再等兩年。畢竟紀彥宇如今的年紀確實還小，根本不用著急。

「我有十足的把握。」紀彥宇望向衛繁星的眼神，充滿了堅定。

「好，大嫂相信你。」衛繁星就笑了，之後又不忘叮囑道：「不過你不要給自己太大的壓力。科考不確定的東西太多，任何的意外都有可能發生。你就順其自然，該怎麼樣就怎麼樣，累壞身子絕對是不划算的。」

擔心紀彥宇為了科考太過辛苦費神，衛繁星之前把話說在了前面。

紀彥宇就點頭。「我知道的。」

「那行。大嫂在乾元城等你。」

既然紀彥宇已經確定要開始科考，衛繁星相信，很快就又能見到紀彥宇了。

「等彥宇去乾元城科考的時候，我也要去！我一路上還能保護彥宇！」紀彥坤忙不迭就開口。

「我到時候看看有沒有時間，我也想去！」

紀彥宇和紀彥坤都跟著大嫂跑過好多次地方了，紀佩芙難免跟著心動。

「行，等彥宇去乾元城科考的時候，家裡不管是誰，只要有空閒，都跟著去。大嫂在乾元城等你們。」衛繁星說到最後，還特意帶上了年紀尚小的紀璃洛和紀暮白。「你們兩個小的，也可以去乾元城找大伯母。」

「好耶！」紀璃洛早就想要出聲了，可又擔心給家裡長輩增添麻煩。此刻有了衛繁星發話，她頓時高興起來。

紀暮白也興奮不已地點點頭。

哪怕暫時還不能去乾元城，對他而言也是一個極其美好的承諾了。

總算安撫住了家裡人，衛繁星特意在家裡設宴，邀請一眾在鳳陽城有交集的人脈。

比如糧站的站長、總帳房，比如知府衙門的黃主簿、賀鳴洲，也包括曾經交好、之後一度又疏遠的李嬌嬌，衛繁星都一併請上了。

本來衛繁星調職去知府衙門，帶給李嬌嬌的震撼就足夠大了，等聽聞衛繁星即將前往乾元城戶部任官職，李嬌嬌整個人都麻木了。

所以，她之前一直在矯情什麼？明明衛繁星跟她就不是一條道上的人。衛繁星不可能跟她爭搶糧站總帳房的位置，衛繁星可是要去戶部當官的！

真到了這個時候，李嬌嬌再也生不出哪怕丁點的嫉妒情緒了。反之，她對衛繁星只有濃濃的愧疚，以及滔滔的敬佩。

原本她還以為，以後跟衛繁星都注定了老死不相往來，沒承想，衛繁星還邀請她去家裡吃飯。

哪怕是離別宴，李嬌嬌也很珍惜，特別看重。

衛繁星對李嬌嬌沒有任何其他的想法。

雖然她已經離開糧站，可紀佩瑤日後還要在糧站上班。雖說站長和總帳房的關係都在這兒擺著，可到底比不上李嬌嬌這個女子的心思細膩。

即便是為了紀佩瑤考慮，衛繁星也不會故意在糧站樹敵。

再者，李嬌嬌其實並未明面上做過什麼傷害衛繁星的事情。當然，私下裡就更沒有了。

所以，衛繁星並不討厭李嬌嬌，也沒有想過要刻意針對李嬌嬌。臨到離別前，便將李嬌嬌也請來了家裡。

以如今衛繁星的身分，其實是比糧站眾人更高的，哪怕是糧站站長，到了衛繁星這個「官」的面前，也只是個民。

故而衛繁星的邀約，大家都很欣喜，也越發看好衛繁星。只覺得衛繁星哪怕水漲船高，依然沒有目中無人，更沒有得意忘形。

這樣的人脈，糧站眾人也想要努力維繫住。

連帶地，對紀佩瑤也就越發重視，此後哪怕衛繁星人不在鳳陽城，他們也不會虧待紀佩瑤。

更甚至哪怕是紀家其他人遇到難處，只要開口，他們肯定也會幫襯著。

這便是衛繁星帶來的巨大影響了。

連糧站都是這個態度，黃主簿就更別提了。

雖然他人在知府衙門，但並不是官，衛繁星如今已然是躍居他的頭上，以後他都只有仰望的分，又怎麼可能故意跟衛繁星為敵？

加之賀鳴洲和紀佩瑤的關係並沒有遮掩，他們這些熟悉的人都知曉，想也知道紀家以後得了賀鳴洲這個乘龍快婿，只會飛升得更快，黃主簿實在找不到理由不跟紀家交好。

對了，還有紀彥坤在他們衙門當捕快，更有紀佩芙在後廚當採辦。

總而言之，紀家人跟知府衙門的淵源深著呢！說是自己人，也絲毫不為過。

這也就是紀佩芙在後廚的時間不足三年，否則黃主簿是肯定要直接將紀佩芙轉正的。

在這件事上，他早已得到知府大人的授意，正準備向衛繁星透露口風……

第四十六章

比起鳳陽城任何一個單位，能在府衙上班無疑是最穩妥，也是最安全的。

這般一來，即便衛繁星人去了乾元城，也能安心，不怕紀家人在鳳陽城受欺負。

唯一讓衛繁星有些遺憾的是，她暫時還沒能給紀佩琪找一份工作。

雖然嘴上說了不會再給紀佩琪任何便利，但紀佩瑤去了糧站之後，家裡就只剩下紀佩琪這麼一個需要操心的存在。

衛繁星沒想過要刻意為紀佩琪殫精竭慮，可若是有合適的機會，她也希望能順手抓住，省得紀佩琪日後沒個著落。

之前想著她人還在鳳陽城，慢慢等著就是。現下她即將去乾元城，鳳陽城這邊就搆不著了。

此後，只能看紀佩琪自己的福氣了。

好在紀佩琪如今懷著孕，接下來要生娃、要養孩子，兩三年內倒也無須著急必須得找個合適的活計。

否則以紀家如今的狀況，怕是沒人能幫忙帶娃……

一番籌謀和準備之後，衛繁星跟依依不捨的紀家人告別，獨自前往了乾元城。

這還是衛繁星來到乾元朝後，首度自己一個人出門。雖然有些孤單，但是一路極其順利。

趕在一個陽光燦爛的日子，衛繁星抵達了乾元城。

不愧是乾元朝的皇城，乾元城比起鳳陽城無疑更繁華，也更熱鬧，是衛繁星之前去過所有的城鎮都比不上的喧譁和貴氣。

初來乾元城的第一眼，衛繁星是震撼的。不過，她的心裡倒是沒有發怵，也沒覺得害怕就是了。

逕自來到戶部報到，衛繁星很快就走完程序，被安頓好了住處。

認真打量完現下的小院子，衛繁星是很滿意的。

她並不喜歡跟人合租，要是真讓她跟人擠著住，她就只能另尋住處了。

而今這個小院子，雖然只有兩間屋子，卻也五臟俱全，正合適衛繁星。

衛繁星一開始還想著，除了自已住的這間屋子，隔壁那間是不是會安排給其他人？

但很快就被告知，不會。

一是因衛繁星是特例，從鳳陽城調來乾元城，戶部有特別照顧；二則是戶部的官職很穩定，流動性非常低，好幾年也不一定會有新人湧入，近期也就只多了一個衛繁星而已。

確定了這處小院子短期內確實只歸屬她一個人，衛繁星就輕鬆多了。也不再理睬閒雜事宜，一門心思開始拚起了工作。

雖然不是科考入官，可戶部是管銀錢的，衛繁星這個會計也算得上是對口。加之衛繁星之前負責的是糧站的帳目，堪稱繁瑣，如今來到戶部，一部分帳目已然是最熟悉的。剩下的沒有經手過的，反而格外簡單。

戶部尚書對衛繁星還是滿意的。

但凡換其他女子來戶部，戶部尚書肯定會心下不悅，但衛繁星首先是難能可貴的會計，再又是水災功臣，起點無疑比其他人都要更高。

再看衛繁星的辦事能力，不管怎樣的帳目，只要到了衛繁星的手裡，很快都能精準穩妥地處理。

而且衛繁星也不叫苦、不叫累，雖然有些不通人情世故，但戶部本來就不適宜拉幫結派，一心一意核算帳目才是正道。

故而在衛繁星入職戶部一個月後，戶部尚書開始分派她專門的任務。

偏巧，就是衛繁星之前去過的那幾個城鎮的糧食分派。

「衛大人有難處嗎？」

截至目前為止，戶部尚書對衛繁星算帳的本領非常信服。不過，現下不是年底，算帳並非戶部當前最重要的難題。

更何況只要衛繁星人在戶部，就不可能一直核算帳目，總要開始經手其他事宜。

「沒有難處。」衛繁星搖搖頭，一口應下了任務。

緊接著，她花了五天時間，把這幾個城鎮的糧食分派琢磨得清清楚楚，一併上報。

戶部尚書有些懵。

這麼快的嗎？換了其他人，沒有一個月肯定拿不下來。哪怕是分派糧食的老手，起碼也得大半個月。

下意識地，戶部尚書就想著，衛繁星是不是漏算了。

但是乍一看上去，衛繁星交上來的數目看不出什麼端倪，似乎都是對的。

保險起見，戶部尚書就又另外叫來了負責這方面事宜的兩位官員，一起核算衛繁星的報表。

又是兩天過去，被戶部尚書找來的這兩位官員不約而同地點點頭，對衛繁星的辦事能力十分欣賞。

回饋戶部尚書的答案自然也簡單，沒有任何的錯處。

如此這般，從開始到結束，一共只花了七天時間！

過去的兩天裡，戶部尚書一邊懷疑衛繁星到底是怎麼做得這麼快，一邊又慶幸衛繁星花的時間不多，實在錯了，他們還有足夠的時間可以彌補。

但是這一刻，戶部尚書完全不擔心了。

「好好好！衛大人不愧是衛大人！」手下有了這麼一員虎將，戶部尚書高興得差點說不出話來。

隨後不客氣，戶部尚書就把衛繁星安排給了其他官員打下手。

說是「打下手」，其實是指點。

按著戶部尚書的話就是，希望衛繁星正兒八經地教教其他官員怎樣提升工作效率，別再一弄就是一個月，說不定還錯漏百出，實在煩不勝煩。

衛繁星不喜歡當出頭鳥，但是官場本就不同於其他地方，免不了會有爾虞我詐，也會有算計爭鬥。

衛繁星不懼挑戰，也不怕被算計。她自己身正，無論做什麼都只圖一個「穩」字，但真要到了需得出頭的時候，衛繁星亦不會退縮。

再然後，她就開始給戶部其他一眾官員打起了下手。

她本人話不多，也不喜歡指指點點，就只是靜靜地坐在一旁，適當地給予提醒，提防其他官員多做無用功。

眾生百相，當然不是所有官員都相信衛繁星的提醒。

有人置若罔聞，堅持己見，非要按著自己的法子來。衛繁星也不會阻攔，更不會生氣，只是聽之任之。

而緊接著，衛繁星就不會再將心思放在這位官員的身上，直接就轉身去幫其他官員。

總而言之，不想浪費唇舌，更不想無謂置氣。

鑒於衛繁星確實是第一個完成糧食分派任務的，更有當中兩位官員親自核算過衛繁星的數據。想當然，這兩位官員是願意聽衛繁星的提醒，並且認真感謝。

隨即，這兩位官員花了八天時間，完成了自己的任務。

固然比衛繁星多了三天，但比起他們往年動輒大半個月，乃至整整一個月，八天的時間不要太短。

更關鍵的是這八天下來，他們沒有如往日那般焦頭爛額，也無須廢寢忘食，實在是輕輕鬆鬆。

於是乎，這兩位官員對衛繁星就越發信服了。

接下來，陸陸續續有聽從衛繁星提醒的官員完成了自己的任務。有的花了十天的時間，有的花了十二天的時間。

最多的那位官員，前前後後花了十五天。雖然比其他官員耗時更長，但他絲毫不慚愧，反而欣喜不已。

這是他進入戶部以後，第一次自己獨立完成任務，而不是像往年那般每每都是拖到最後，還需要其他同僚來幫忙。沒有兩個月的時間，根本搞不定收尾。

因太過高興，這位官員當著戶部所有同僚的面，提出要請衛繁星吃飯。

「不必。我不會喝酒。」衛繁星本就不喜歡應酬，實話實說道。

「不喝酒、不喝酒。衛大人是女子，我哪裡會找衛大人喝酒。」本就是真心實意的感激，被衛繁星這麼一拒絕，這位官員連忙解釋道。

「真不必這麼客氣。我不太會應酬，也不喜歡應酬。以前在鳳陽城的時候，就是如此。」

衛繁星不是會輕易改變原則的人，也不喜歡打亂自己的生活節奏。

不喜歡的事情，她直接就拒絕，並不會阿諛逢迎，也不會虛假地迎合他人。

其實衛繁星的性子，這麼兩個月相處下來，戶部一眾人都看得一清二楚。

大家都是人精，最擅長的就是察言觀色，像衛繁星這般不喜歡高調出風頭，總是做實事的同僚，他們無疑是喜歡的。

而且衛繁星還不求回報。

也所以，儘管衛繁星拒絕了請客，戶部一眾同僚還是給予了表示。

接下來的幾日裡，衛繁星收到了不少來自同僚家屬的善意，送來的還都是並不便宜的謝禮。

衛繁星一度要懷疑，這是不是戶部集體想要誣陷她貪污腐敗的新招數了。

然而，同僚們臉上的笑容是真誠的，那些家屬也都十分熱情，怎麼看都不像是耍陰謀詭計的。

再者，衛繁星很清楚，若自己不收下，這些同僚怕是會一直在心下記掛著此事。

衛繁星沒想過要攜恩相挾，也沒想過要充當大善人。與其讓這些同僚直犯嘀咕，還不如她先行收下諸多謝禮，之後再找機會等同價值的還回去。

畢竟戶部不是其他地方，衛繁星一時間根本想不到她還能往哪兒提升。換而言之，戶部很有可能就是她這輩子養老的地方了。

那麼想當然，她跟這些同僚的走動也不會是一時的。

最終，衛繁星默默收下了這些堪稱貴重的謝禮。

同時，正式打入了戶部。

第四十七章

賀鳴洲的家人，就是在這個時候上門拜訪的。

以紀佩瑤和賀鳴洲的關係，衛繁星在一開始抵達乾元城的時候，確實考慮過要不要去賀家走動一下。

不過想了想，她又放棄了這個念頭。

首先，紀佩瑤和賀鳴洲並未訂親，賀家長輩這邊是什麼態度，她並未親眼目睹。

再者，她們是女方，當然要等著男方先表示，再行定奪如何回應。

倒不是衛繁星故意想要擺出高姿態，而是涉及到兒女親事，謹慎些總是好的。

「之前就接到鳴洲來信，說是衛大人要來戶部任職。本該早些時日上門拜訪的，卻又顧慮衛大人初來乍到，想必諸多事務繁忙，這才拖到了今時今日。還望衛大人切勿見怪。」

來的是賀母、賀家大嫂、二嫂，以及賀鳴洲已經出嫁的姊姊。

衛繁星也是這才知道，賀鳴洲在家裡竟然是最小的孩子。

對此，衛繁星是有些意外的。

主要是賀鳴洲的性子一看就很有擔當，衛繁星還以為，賀鳴洲在家裡是長子來著。

賀家人很講禮數，言行舉止都特別注意，尤其是提到紀佩瑤的時候，臉上不乏滿意，言語間更是滿滿的喜歡。

這樣的婆家，哪怕是裝出來的滿意和喜歡，最起碼一開始確實有這個心，也足以表達出對紀佩瑤的看重。

衛繁星並不了解賀家人，但第一次見面，感覺挺好的。相對地，她的態度也挑不出任何的過錯和瑕疵。

再然後，賀母就提出了訂親事宜。

「其實是我們賀家太過心急了。實在是我那不爭氣得兒子，早先對於成親一事太過不上心，我這個親娘也是怕了他。好在他自己在鳳陽城相識了佩瑤這麼好的姑娘，我們一家人都急切地盼望佩瑤能盡快嫁過門呢！」

聽聽，賀母的話語就說得格外好聽。

「當然，我們也知道，佩瑤年紀還小，並不急著成親。所以我們家就想著，是不是先定個親？這樣也方便鳴洲在鳳陽城多多照顧佩瑤和其他弟弟妹妹。聽說佩瑤還有一個小姪子、一個小姪女，是不是？我們賀家離得遠，也不能時常上門照拂，便也只能使喚鳴洲多多上心了。就怕鳴洲是個粗人，諸多事情想得不夠周到，委屈了弟弟妹妹，還有小姪子和小姪女。」

賀母是真的很和氣，連紀璃洛和紀暮白這兩個小的都全顧上了。

賀家人態度如此直白，衛繁星當然不會虛偽敷衍，當即也表明了自己的立場。「我們家幾個孩子的親事，只要他們自己願意。不管是訂親或者成親，我這個大嫂都不干預，全看他們自己。

「不過佩瑤和賀總捕快一直相處得很融洽，感情也很好。想來訂親一事，亦能水到渠成。」在這一點上，衛繁星身為局外人，看得分明。

賀母聽到衛繁星前面幾句話，還以為衛繁星是不贊同紀佩瑤這麼快訂親的推辭。沒承想，衛繁星之後又補充了兩句，直把賀母的心說得七上八下，又是失望、又是驚喜的。

不管怎麼說，結果是賀母喜歡的，她登時沒有掩飾自己的高興。

「若是衛大人不反對，我這邊就給鳴洲去家書，讓他問問佩瑤自己的意願。若佩瑤願意，我們這邊也好提早準備，盡快定下前往鳳陽城的日程。」

聽賀母這話的意思，就是要親自前往鳳陽城了。

衛繁星沒有異議，也沒有反對。目前看來，賀母對紀佩瑤這個小兒媳婦還是滿意的，也很積極熱情。

以賀母這份看重，這門親事應該能順理成章。

「佩瑤大哥人在邊關，怕是騰不出時間，趕回鳳陽城為佩瑤商議親事。我這邊的話，得看戶部怎麼安排；但凡時間合適，我定然會隨同趕回鳳陽城。」因為確實滿意賀家人的態度和表現，衛繁星鄭重其事地承諾道。

「不必、不必，若是衛大人身在旁的城鎮，咱們還會擔心中途有什麼不妥的地方，沒能及時跟衛大人商量。這不是衛大人就在乾元城？咱們隨時都能找到衛大人，萬事都能提前報備，倒也不必拘泥非要衛大人隨同回去鳳陽城。戶部何其繁忙，我們家雖然沒有親眼見過，卻也是有所耳聞的。何況衛大人才剛到戶部任職兩月，怕是也不方便休假。所以衛大人不必為難，也無須擔心。一切事宜，我們賀家會盡可能安排妥當的。」

賀母這番話語就很善解人意，也十分顧全衛繁星的難處了。

「訂親這麼大的喜事，不管多難，我肯定還是要回去一趟的。」衛繁星感謝賀母的顧慮周全，卻也不會真的甩手不幹。「這樣，你們先安排時間，我這邊也先向上級請示。若是能趕在一起，諸多事宜也方便抵達鳳陽城後，坐下來一起當面協商。」

「實在過意不去，那就麻煩衛大人了。」

賀母是真心覺得這個時候讓衛繁星向戶部請假，有些難為人。

但不得不說，衛繁星執意請假回鳳陽城的態度和舉動，也很讓賀母高興。

看來，不單單是他們賀家重視這門親事，紀家也是。

至於紀昊渲這個大哥沒辦法趕回鳳陽城，賀母是真不在意。

邊關哪裡是隨隨便便就能離開的？他們家也有在兵部任職的親戚，很多事情是身不由己，根本求不來的。

更何況衛繁星這個長嫂都特意趕回鳳陽城了，他們賀家還有什麼好說的？他們是真心想要結為親家，可不是想要結仇的。

至此，這件事情就定了下來。

聽聞衛繁星要請假回鳳陽城，戶部尚書還有些懵。等聽完前因後果，戶部尚書直接震驚了。

「衛大人要跟賀家聯姻了？」

「不是我，是我家妹妹。」衛繁星神情淡定地糾正道。

「我當然知道是妳家妹妹。我的意思是，衛大人竟然認識賀家？」

戶部尚書是真以為衛繁星沒有任何背景靠山，就是一個尋尋常常的出身。最值得一說的，便是她本人能考中會計的能力，以及她在臨平城幫助救災的本事。

哪想到衛繁星真人不露相，還認識賀家這麼厲害的人家。

「在昨日之前，我並不認識賀家；雖然認識賀總捕快，卻也只是鳳陽城的賀總捕快。對於賀家，我不了解，也沒有打探過。」衛繁星的表現很從容，態度也很坦蕩。

「是了，我都差點忘了，賀家小公子是在鳳陽城當總捕快的。衛大人來自鳳陽城，又曾在鳳陽城知府衙門任職，跟賀家小公子認識，不足為奇。」戶部尚書後知後覺，反應過來這其中還有旁的機緣。

「說來，賀家確實是一門很好的親事。衛大人的妹妹能有此良緣，委實得珍惜。這樣，我給衛大人放半月的假，衛大人儘管回鳳陽城籌辦令妹的親事。待到親事忙完，衛大人再行回來戶部銷假便是。」戶部尚書說道。

戶部尚書之所以會這麼大方，一次就是半個月的假期，固然有賀家的緣故，更因為衛繁星自己辦事能力足夠強，幾天就把一個月的工作忙完了。

這樣能幹的下屬，哪怕一直拘在戶部，也是閒著無事。還不如特事特辦，直接放衛繁星回鳳陽城一趟。

衛繁星也沒料到，戶部尚書會如此痛快地放人，當即認真道謝，又去跟其他同僚辦理交接。

說實話，衛繁星手裡的工作有什麼好交接的。

但凡是她的工作，她早就乾脆俐落地做好了。此刻所謂的「交接」，就是例行公事地通知其他同僚一聲，沒有其他任何實質意義上的用處。

衛繁星請假不算大事，不過她家妹妹要嫁到賀家，就是大事了。

一眾戶部同僚跟戶部尚書一樣，都被衛繁星毫無預兆丟下來的一記重彈給擊中了。

「真的是賀家啊？」

「是我知道的那個賀家嗎？」

「衛大人的妹妹竟然要嫁給賀家小公子？」

「是了，差點都忘了，衛大人之前跟賀家小公子也是同僚。」

「說起同僚，諸位怕是不知道，我家小弟也在鳳陽城的知府衙門任職捕快，就在賀總捕快手下辦事。」

看大家都是一臉驚愕，衛繁星雲淡風輕地又補上一刀。

「之前不是聽說衛大人的弟弟年歲尚小？」

大家都知道衛繁星說的是夫家的弟弟，對紀家也多少有些了解。

「因為我家小七之前立過功勞，所以朝廷有特別嘉獎。諸位同僚可以去打聽打聽，據說當時這件事在朝堂上還挺轟動的。」

當然，衛繁星也只是聽說。具體情況，在座這些同僚但凡想起來，怕是比她還要更清楚。

果不其然，就有同僚立馬想了起來。「是不是年前抓了四個賊，找回了三萬斤的口糧？」

「對。我家小七當時是去糧站找我吃飯來著，哪想到就那麼湊巧，被他碰上從糧站翻牆逃出的小偷。我家小七是賀總捕快從武館挑出來的，當時就在巡邏小隊，每日就負責四下巡邏。」攤攤手，衛繁星笑著說道：「再然後嘛，大家就都知道了。」

第四十八章

抓賊立功，跟戶部自然是沒什麼關係的，但紀彥坤找回的是糧食，就跟戶部牽扯極大了。

毫不誇張地說，當時鳳陽城糧站要是少了三萬斤的糧食，當地補不上來，肯定需得戶部往下撥調。

那麼想當然，戶部這邊的帳目就會有所缺失，也是不小的麻煩。

但凡是正常的天災，戶部都能忍，但是被幾個小賊偷走？光是想想，就憋氣。

是以，戶部諸位官員對及時抓住偷糧賊的紀彥坤，是很有好感的。

再聽說紀彥坤是衛繁星的弟弟，這其中還有去糧站找衛繁星的前因，戶部諸位免不了一陣唏噓，同時也不得不感嘆：緣分！

「衛大人等等，我們戶部得給咱們的小英雄送些謝禮才行。要不是小英雄及時出手，最終忙得焦頭爛額的，肯定又是我們這些人。」毫不猶豫地，就有同僚出聲說道。

「對對對，這個提議好！我們去向尚書請示。再不然，我們自己也該有所表示。」

這就是看在衛繁星的情面了。否則再不濟，也不該是戶部這些同僚自己私下裡掏腰包。

「不用、不用，事情都過去那麼久了，我家小七也已經得到了嘉獎。諸位怕是不知道，等我家小七年滿十六歲，就是板上釘釘的衙門捕快了。這可是大喜事，旁人求都求不來的。」衛繁星不是來討謝禮的，話語也說得極其清楚。

「那些嘉獎都是朝廷給的，跟咱們戶部沒什麼關係。」搖搖頭，就有同僚接話道：「要是咱們一直不認識這位小英雄，便也罷了。現下知道是衛大人的弟弟，就等同是咱們戶部的家眷。哪有不嘉獎自己人的？」

「這話說得對。既然是自己人，肯定得有所嘉獎。」

「這也就是小英雄人在鳳陽城，但凡來了乾元城，怎麼也得領來咱們戶部認認人才行。」

「那可不？這以後啊，咱們可得找機會跟小英雄見上一面。」

「那就要看衛大人了。衛大人在戶部任職，家眷都不來乾元城探親的嗎？」

「對對對，探親！以後肯定有機會見面的。」

「衛大人可得記著這個事，要幫忙張羅張羅。」

衛繁星真的是話趕話，隨口提到了紀彥坤，哪想到，之後會引來這麼大的波瀾。

本來她還想回絕，但是看一眾同僚確實是真心實意在討論，而且相當熱烈，甚是誠懇……

想了想，衛繁星索性就沒拒絕，一口應下了此事。

真要等到紀彥坤有機會來乾元城，若能帶紀彥坤來戶部走上一遭，確實不賴。想必，紀彥坤會很高興，也極其興奮。

順利請到假期，又跟一眾同僚說定，衛繁星便去回了賀家。

親耳聽到衛繁星不但請到了假期，而且還是半個月之久，賀母忍不住就埋怨起了賀父。

「怎麼人家衛大人還是新官上任，就能請這麼久的假，你卻請不下來？也不怕紀家嫌棄咱們家不重視這門親事！」

「衛大人不一樣。」

因為賀鳴洲的關係，賀父對衛繁星是很關注的。

想當然，他就知道了衛繁星自從來到乾元城之後，一系列特別出眾的表現。

聽聞衛繁星如今很受戶部尚書器重，為戶部減輕了很多的工作量，連戶部那些非常難纏的老人，都開始對衛繁星變得信服起來……

這樣的人才想要請假，戶部肯定不會攔著。

不像他，確實離不開也走不得。

「什麼不一樣？我看你就是不上心！我跟你說，你可不許嫌棄人家姑娘家世出身不夠好。早先就不說了，如今衛大人就在戶部任職，佩瑤自己也在鳳陽城糧站做事，正兒八經地有活計、有薪資，才不比你小兒子低一頭。」賀母不禁就嘀咕上了。

「妳這說的是什麼話？我是那種人嗎？我不就一開始多問了幾句紀家的情況，怎麼還被妳惦記這麼久？」

賀父一開始之所以會問得那麼清楚，為的也是了解情況。

只不過他在刑部任職久了，說話辦事難免像是在審訊，一旦多問幾句，更像是不滿意之下的刨根究柢。沒把紀佩瑤這個未過門的小兒媳婦給得罪，卻把賀母給惹惱了。

按著賀母的話來說，就是好不容易小兒子相中了一個姑娘，只要姑娘家世清白、人品好、性子佳，他們賀家就理當接受。哪裡還有追根究柢、問個不停的？

「你那是問嗎？我看你巴不得審訊上了。咱們又不是你的犯人，用得著你一直問問問的？」撇撇嘴，賀母依舊不滿意。

一看賀母就是在蠻不講理，賀父也是無奈了。

他其實是真問出了什麼來的，不過如今時機不合適，尤其是賀母的態度，他姑且就不多提了。

看吧，等到以後有機會，他親自跟賀鳴洲說說。

賀父不說話，賀母越發篤定，他其實就是心虛。

冷哼一聲，賀母忽然又覺得，沒有賀父跟著去鳳陽城，其實也挺好的。

否則，萬一賀父老毛病犯了，攪黃了這門親事，她找誰賠自己一個媳婦？更關鍵的是，她那小兒子多執拗？一旦讓賀鳴洲知曉，賀父對紀佩瑤是不滿意的，鐵定又得惹出不少事端，說不定還會父子反目成仇！

越想越覺得可怕，賀母索性敬謝不敏，不再提及讓賀父一起前往鳳陽城的話，只盼趕緊把這門親事定下，不再出現任何意外。

賀父是真不知道，賀母又給他扣了這麼一大頂帽子。若是知道，他一定會大呼冤枉，勢必得為自己澄清澄清。固然賀母不一定會相信，但最起碼得給他一個為自己辯解清白的機會不是？

「大嫂？大嫂！真是妳回來了！」忽然在鳳陽城看到衛繁星，紀佩瑤幾乎要瘋了，聲音急切地喊道。

「嗯，是我回來了。」

看紀佩瑤激動得紅了眼圈，衛繁星不由就笑了，張開了雙手。

紀佩瑤直接狠狠地撲了過去，緊緊抱住衛繁星。「大嫂回來了，真好。」

說心裡話，衛繁星人不在家，他們的日子還是照常過，比起當初父母和二哥突然離世的時候，不知道要好多少。

可偏偏，他們都太想念衛繁星這個大嫂了。好像家裡再也沒了主心骨兒，一個兩個都變得心下沒底，時不時就恍恍惚惚的。

「妳要訂親了，大嫂可不得回來給妳坐鎮？」

衛繁星還是很有自知之明的。讓她幹活，肯定不行，她之所以回來，就只有一個用處，坐鎮。

「訂親？」紀佩瑤愣住，不明所以地看著衛繁星。

「賀家人在乾元城找到我，提了想要妳跟賀總捕快訂親的事情。我看他們的態度確實誠懇，便擅自作主，幫妳應了下來。這不，賀家長輩此次都跟著我一塊兒來了鳳陽城。我回家，他們去衙門找賀總捕快了。」衛繁星仔細解釋道。

「可是我、我……」紀佩瑤是真不知道此事，完全沒有丁點的準備。

衛繁星就笑了，摸了摸紀佩瑤的腦袋。「放心，賀總捕快也事先不知情，你倆都一併被瞞住了。」

衛繁星也是在回來鳳陽城的路上才知道，賀母竟然完全沒有提前知會賀鳴洲，就自己做了這個決定。

本來衛繁星還擔心中間再出岔子，覺得賀母此事辦得並不穩妥。

等聽完賀母的解釋，衛繁星又忍不住想笑，著實感嘆賀母的用心良苦。

賀母說，賀鳴洲從小就很有主見，凡事都不肯聽家裡的安排。像家裡想要他學文，他偏偏要去練武；家裡想要他留在乾元城，他自己卻一聲不吭地跑來了鳳陽城。

再有就是，賀家早先有打算給賀鳴洲說親的，賀鳴洲卻從來不接受，連面都不露，來來回回兩個字：不行！

賀母是真的耗費苦心，尋了不少家姑娘，容貌甚是出眾的有，性子特別溫和的也有。反正就是盡可能多挑一些，只盼望能讓賀鳴洲滿意。更甚至，賀母找起了會武的姑娘！

可賀鳴洲就是不答應啊！

不管賀母怎麼忙碌，賀鳴洲不肯接招，一切都是白搭。

眼瞅著賀鳴洲年紀越來越大，賀母都不敢催促，也不敢指望了。

再然後，賀鳴洲自己主動跟家裡提到了紀佩瑤這麼一個姑娘……

天知道賀母對紀佩瑤是多麼感恩戴德。

她都已經做好準備，只要紀佩瑤是個姑娘，不管家世背景，也不管性子脾氣，哪怕是個殘缺不全的，她都認了！

可後面聽賀鳴洲的說法，紀佩瑤明明就是樣樣都好，尤其美好的一個小姑娘。直把賀母給樂壞了，也驚喜不已，生怕紀佩瑤哪日就跑了，賀鳴洲又變成沒有媳婦的大難題。

是以，賀母自作主張找上了衛繁星。

她不敢提成親，只想著先訂親，怎麼也要把紀佩瑤這個小姑娘給定下來。

而且只是訂親的話，哪怕沒有提早知會賀鳴洲，但最起碼，賀鳴洲不會跟她硬著來。

與此同時，賀母還向衛繁星道歉，煩請衛繁星先幫忙跟紀佩瑤說道說道。等她見到紀佩瑤本人，再親自向紀佩瑤賠不是……

第四十九章

照理來說，被人擺了一道，衛繁星肯定會不高興的。

但是聽完了賀母的一番講訴，衛繁星又覺得，勉強可以接受。

再者，紀佩瑤本人跟賀鳴洲的感情確實還不錯，只是訂親，而不是成親，被賀母這麼一操作，衛繁星如同賀母預期中的賀鳴洲，沒有太過厭惡和反感。

心下是這麼想的，衛繁星也就如實跟紀佩瑤說了，只等著看紀佩瑤自己的意見。

紀佩瑤從來都是一個格外善解人意的姑娘，知曉了賀母會這麼做的前因，她點點頭，也沒生氣。

至於訂親，紀佩瑤仔細想了想，發現自己也沒有任何的排斥和牴觸。

唯一有的情緒，是緊張。

「我是想著，賀家長輩能夠如此熱情，還特意大老遠從乾元城跑來鳳陽城，足以彰顯了他們對這門親事的滿意和重視。妳呢，就先別想他們沒有提前知會妳，只問問妳自己的心，願不願意嫁給賀總捕快，又想不想定下這門親事。」衛繁星說到這裡，就壓低了聲音。「只是訂親，不是成親，之後也還是有反悔的機會。」

紀佩瑤本來很緊張的情緒，仍是被衛繁星這壓低了聲音的叮囑給逗笑了。「哪有大嫂這般想的。」

「我想的有錯嗎？妳和賀總捕快如今確實感情好，想要成親也無可厚非。但萬一哪天吵架了呢？再不然就是感情淡了。兩個人在一起的理由很簡單，互相喜歡就夠了；可不在一起的理由實在太多了，不確定的事也十分多……」衛繁星一本正經地勸說道。

紀佩瑤就更想笑了。

「哪有還沒訂親，就想這麼多分開理由的道理？我是覺得，真要是有這麼多的理由，之前就不會互相喜歡，也完全不必開始。」

「行吧，現在妳的眼裡和心裡，肯定只看得到賀總捕快的好，我不跟妳爭辯。」衛繁星聳聳肩。又不是成心拆散紀佩瑤和賀鳴洲，當然不會非要較真。

「大嫂、大嫂！大嫂回來啦?!」第二個發現衛繁星回來的，是才剛到家的紀佩芙。「大嫂，妳怎麼回來了？是在乾元城遇到什麼事了嗎？妳什麼時候回來的？怎麼回來的？一個人嗎？路上安不安全？沒發生什麼意外吧……」

紀佩芙的話語實在太密集，衛繁星起初還打算回答，聽到最後，索性笑而不語了。意識到自己的問題過多，紀佩芙不免有些臉紅，卻也還是堅持繼續問道：「大嫂，妳有沒有想我啊？」

「想了。」這個問題就簡單多了，衛繁星一口應道。

紀佩芙頓時就高興了起來，臉上掛著燦爛的笑容。「我就知道，大嫂肯定會想我的。」

「大嫂！我回來了！」

紀佩芙話音還沒落地，外面傳來紀彥坤的聲音。

衛繁星聞聲扭過頭，倒是沒有看到紀彥坤的身影，卻先一步看到了賀鳴洲的人。

想也知道，賀鳴洲不會是來找她的。衛繁星完全沒在意。

果不其然，下一刻，賀鳴洲就站在了紀佩瑤的面前，語氣是少有的緊張。「佩瑤，訂親的事情，我事先不知情。」

「我知道。大嫂已經跟我解釋過了。」

感謝衛繁星的存在，紀佩瑤已然比從前更從容和自信。

也或許，最開始跟賀鳴洲在一起的時候，她考慮過自己沒有活計，是否跟賀鳴洲不般配。

但是如今的紀佩瑤，不會這樣想了。

家裡有在軍營當官的大哥，有在戶部任職的大嫂，包括她自己在內，弟弟妹妹也都各有出處。紀佩瑤實在想不出，她比起別的姑娘，到底差在哪裡。

若以他們家現下的處境，她還是被人嫌棄家世和出身，那就只能說，她和那人確實沒有緣分。

這樣的姻緣，紀佩瑤是不掛念的，也不會執著得非要強求。

而她跟賀鳴洲之間，至少迄今為止，兩人並未因為彼此的家世生出嫌隙和隔閡。這一點，賀鳴洲是足夠可信的。

至於說到訂親，紀佩瑤其實並不排斥，也不牴觸。

她沒有存著玩鬧的心跟賀鳴洲相處。

早先，她跟賀鳴洲攤開說，她在油坊的活計是要留給自家三姊的，以後可能沒有任何活計。賀鳴洲彼時沒有嫌棄她，只說他願意養她，也養得起她。

紀佩瑤當然沒想過要靠賀鳴洲養。雖然她娘在世的時候，確實沒有活計，她從小到大看到的、接觸的，也是這樣的生存環境。

但是比起她娘，紀佩瑤更信賴衛繁星這個大嫂。

大嫂說了，不管任何時候，都不能指望他人，自己都得有生存的本事。對此，紀佩瑤一直牢記在心。

所以，她感激賀鳴洲的承諾，卻更想要博一份自己的未來。

如今她的未來，大嫂已經提早為她張羅好了，她很安定，也很自信。這個時候，哪怕賀家是來讓她跟賀鳴洲成親的，紀佩瑤也不會覺得自己低人一等。

更何況，現下賀家長輩提出的，只是訂親而已。

見紀佩瑤沒有生氣，賀鳴洲總算鬆了口氣。

但凡他事先知曉此事，肯定會攔住家人，不准他們來鳳陽城。

在紀佩瑤的事情上，賀鳴洲想的是自己和紀佩瑤兩人細水長流地慢慢來。

他不著急，也不想逼迫紀佩瑤，無論是訂親還是成親，他都只看紀佩瑤的意願，隨紀佩瑤作主。

緊接著，賀鳴洲又認真地向衛繁星道了謝。

他很清楚，衛繁星這個大嫂在紀佩瑤心中占據的地位的。毫不誇張地說，衛繁星之於紀佩瑤，怕是比紀昊渲這個親大哥都還要更有分量。

也所以，衛繁星的解釋勢必十分之珍貴，他理當感激。

衛繁星擺擺手，並未多言。

她倒不是為了賀鳴洲，純粹是為了紀佩瑤。

但凡賀鳴洲不是個好的，或者哪日對紀佩瑤不好了，她照樣會對賀鳴洲怒目相對，諸多不滿的。

因為有家裡長輩還在等著，賀鳴洲沒有在紀家多待，再三跟紀佩瑤確定過後，方才離去。

這個時候，紀彥坤已經拉著衛繁星說個不停了。

等紀彥宇他們回來，衛繁星已然在家裡坐下，就等著他們三個。

「大伯母！」紀璃洛和紀暮白率先出聲，一起跑了過來。

紀彥宇也是立馬走進了堂屋，不確定地看著突然歸來的衛繁星，唯恐衛繁星在乾元城受了什麼委屈。

「我這次是請假回來的，跟賀家長輩一塊兒回鳳陽城，為你們四姊和賀總捕快訂親。」

一看紀彥宇就知道他在擔心什麼，衛繁星解釋道。

紀彥宇抿抿嘴，點了點頭。「大嫂可以在家裡待幾日？」

「我一共只有半個月的假期，在家裡待不了幾日，但肯定比沒有假期要好。」衛繁星說著就指了指桌上的東西。「本來我一個人出門，肯定帶不回來這麼多東西。好在有賀家人幫忙，我給你們都買了禮物，自己去看。」

乾元城的東西，伴隨著紀佩瑤和賀鳴洲的感情日漸升溫，紀家人其實已經收了不少。想當然，不會如之前那般沒有見識。

不過衛繁星買回來的東西，他們還是很高興，也是很歡喜的。

雖然並沒有離開太久，衛繁星卻也還是逐一問過紀家每一個孩子的近況。確定他們一切安好，沒有受到欺負和委屈，這才放心。

當然了，為了以防幾個孩子報喜不報憂，衛繁星還故意交叉著印證。比如問紀彥坤，紀佩芙在衙門的處境。再問紀佩瑤，紀彥宇在學堂可有安心讀書。反正不管知不知道，衛繁星主打一個措手不及。結果麼，衛繁星很滿意。

因賀家長輩確實有心，紀家這邊也無意鬧騰，紀佩瑤和賀鳴洲的訂親進行得十分順利。只是訂親，賀家和紀家都沒有大辦，卻也都是歡歡喜喜、熱熱鬧鬧的。

就連人在鳳陽城鄉下的紀佩琪，也及時趕了回來。

這就是離得近的好處了，哪怕不能日日見面，總歸比以前更加方便來往。

想當然，紀佩瑤訂親的事情，衛繁星也寫了家書寄去邊關給紀昊渲。

往日裡都是紀佩瑤寫的，但涉及到自己的親事，紀佩瑤害羞，就找了衛繁星這個大嫂幫忙。

衛繁星本來打算讓紀佩芙寫，沒承想被紀佩芙拒絕了。

按著紀佩芙的話來說，就是她怕大哥紀昊渲，從小見著紀昊渲就老遠躲開的。

對此，衛繁星有些意外。

紀佩瑤和紀佩芙這對姊妹花，明顯是紀佩瑤的性子更柔弱一些，紀佩芙則活潑外向。

但是面對紀昊渲這個大哥，似乎出了點意外？真要說怕，難道不該是紀佩瑤害怕紀昊渲？

紀佩瑤還真就不怕紀昊渲。至於原因麼，說起來實在簡單。

小時候，紀佩芙的性子調皮一些，總是愛惹事，鬧騰完了還不承認。好幾次都被紀昊渲這個大哥抓了個正著。

本著長兄為父，紀昊渲對弟弟妹妹十分有責任心，於是乎，紀佩芙就被訓斥了。次數多了，紀佩芙可不就見著紀昊渲就躲，生怕再被逮住錯處？

相對應地，紀佩瑤這個乖乖巧巧的妹妹就不曾被紀昊渲訓斥過。理所當然地，也就不怕紀昊渲這個大哥。

反之，紀佩瑤還挺親近紀昊渲這個有擔當的長兄。

第五十章

萬萬沒有想到竟然會是這樣的理由，衛繁星直接就被逗笑了。

見紀佩芙是真的不情願寫這封家書，衛繁星也沒再推脫，順手就修書一封，寄走了。

再然後，衛繁星就又要離開了。

「大嫂，路上小心。」

比起之前衛繁星前往乾元城，此次紀家人稍稍放心了些。

再怎麼說，賀家如今是他們家的親戚，衛繁星在乾元城不再是孤立無援。真要遇到什麼麻煩事，多多少少還有個人可以商量。

訂了親，紀家人在賀家人的眼裡和心中，無疑是實打實的親戚。

是以，根本不需要任何人多言，賀母一再表示，他們在乾元城會多多照顧衛繁星的。

與此同時，賀母邀請紀家人年底的時候，一起都去乾元城做客。

若是以前面對這樣的邀請，紀佩瑤他們肯定會拒絕，但是一想到衛繁星人在乾元城，他們也想去親眼看看，就沒有一口回絕。

如今距離年底還有幾個月，擔心會有意外狀況發生，誰也說不準。

最終，大家就商議等到了年底，再行定奪。

跟紀家人的想法一樣，衛繁星此次離開，心裡也有了兩分安定。

說來也是好玩。對賀鳴洲的人品，衛繁星是絕對信任的，但訂了親就是不一樣。就像立馬從外人變成了內人，很多事情都變得格外地理所應當。

乃至衛繁星哪怕人不在鳳陽城，心情也變得不一樣了。

近日邊關沒有戰事，紀昊渲卻也不得清閒。

自從紀佩瑤的家書中提及衛繁星入職戶部，紀昊渲想要拚搏上進的心就更加迫切了。

然而武將拚的都是戰功，沒有戰功，紀昊渲便努力訓練，精進自己的武藝。同時，開始讀起了兵書，學起了作戰策略。

事實證明，只要用功，就肯定能見到成效。紀昊渲整個人從內到外，以肉眼可見的速度成長了起來。

待到再次領兵打仗，紀昊渲的進步一日千里，快狠準地打出了好幾個極其漂亮的勝仗。

最關鍵的是，紀昊渲手下的士兵們傷亡極低，可謂是顧慮周全，強中之強。

這樣的紀昊渲，自然很快就被注意上了。再然後，紀昊渲被重用，官職也接連跳了好幾個臺階。

等衛繁星再度受到紀昊渲的消息時，紀昊渲已經是個小統領了。

挑了挑眉頭，衛繁星不得不承認，紀昊渲挺厲害的。

誰都知道，軍營中的戰功都是靠鮮血拚出來的。更有甚者，直接就付出了自己的性命。如此慘烈又冷酷的戰場，紀昊渲無權無勢無背景，但也拚命闖出了一片天，毅力之堅強，委實令人佩服。

紀昊渲如今的軍餉是分了兩部分，一半寄回鳳陽城給弟弟妹妹們，一半則是寄到乾元城給衛繁星。

雖然他很清楚，不管是紀佩瑤他們還是衛繁星，如今都不需要他的銀錢補給。但紀昊渲還是堅持這樣做。

也唯有這樣做，他才能更安心。

自從紀佩瑤訂親，最明顯的變化就是，她不再插手家裡任何跟銀錢相關的事宜。

當然，該上交給家裡的銀錢，她一分也沒有少過，更沒有遲疑過。

只不過以前都是交給衛繁星，如今則是全部由紀佩芙記帳，也都由紀佩芙管著。

說來，曾經的紀佩芙在這個家裡是顯然不如紀佩瑤的。無論是威信還是能耐，紀佩芙都略遜一籌，也有點閒得無聊。

但真正上手，紀佩芙的認真是大家都看得見的。

而且紀佩芙算帳極其精準，耳根子又不如紀佩瑤那般軟，主打一個「冷漠無情」，儼然就是大管家的好手。

眼看著自家的存銀越來越多，紀佩芙別提多高興了，整個人都特別滿足。

與此同時，紀佩芙對紀昊渲寄回來的銀錢全部來之不拒，手腳麻利地收了起來。

哪怕家裡不需要急用，也得留著備用不是？來年小六科考，慢慢就要花大錢了呢……

衛繁星這邊就又是不一樣的反應了。

她本來就不喜歡花別人的銀錢，更別提她如今能夠養活自己，每個月的俸祿還都不少。

要是還在鳳陽城，衛繁星肯定不必煩心，直接把紀昊渲寄回來的銀錢轉手拿給紀佩芙就行了。

但這不是在乾元城麼，衛繁星撇撇嘴，不好將這些銀錢再度寄去邊關，就只能先行收了下來。

等到哪日她回鳳陽城，或者見到紀昊渲本人的時候，再拿給紀家人好了。

在戶部任職的日子漸漸安定下來，衛繁星的生活節奏也變得極其有規律。除了偶爾會跟賀家長輩來往，衛繁星更多時候還是清閒的。

這樣的輕鬆，一直持續到她收到鳳陽城紀佩芙的求助信。

紀璃洛和紀暮白的親娘，那個捲走紀家所有銀錢的二嫂余蕓兒，回來了！

本來，余蕓兒回鳳陽城不算什麼大事。可余蕓兒突然就跑到紀家，哭著喊著要將紀璃洛和紀暮白帶走，美其名兩個孩子的親爹已經不在了，不能再離開她這個親娘。

什麼玩意兒？乍看紀佩芙寫到這裡，衛繁星還以為自己穿錯了。

她怎麼記得，她剛到紀家的第一日就被告知余蕓兒拋下兩個孩子，自己跑走了？

總不至於，這其中還有什麼隱情吧?!

對此，紀佩芙在家書中也寫得很清楚。余蕓兒給理由了，說是當時走得匆忙，一時間沒顧慮上兩個孩子；等真正離開，余蕓兒每日每夜都在思念兩個孩子，都快要憂思成疾了！

余蕓兒成不成疾，衛繁星不知道，但從紀佩芙的書信中，衛繁星能夠看得出來，紀佩芙快要氣得發瘋了。

據說余蕓兒還想強搶來著，但是賀鳴洲在，余蕓兒沒敢動手，就堵在紀家大門外哭哭啼啼，引來不少騷亂。

余蕓兒還放話說，若紀家不讓她帶走一雙兒女，她就上官府告紀家人，還要跑到紀家所有人幹活的地方去鬧！就連人在乾元城戶部的衛繁星，她也不會放過！

余蕓兒倒是沒提人在邊關的紀昊渲，也不知道是邊關實在太過遙遠，還是擔心戰事危急，傷了她的性命……

非常仔細又認真地將紀佩芙這封義憤填膺的家書來回看了兩遍，衛繁星提筆回信了——

紀佩芙幾乎快要瘋了！

以前真沒看出來，余藝兒是如此厚臉皮！

虧她一度還覺得這個二嫂是賢妻良母的好性子，如今再想想，她真是瞎了眼了。

這段時日，余藝兒不但來紀家鬧，真就厚顏無恥地又跑去了學堂和糧站，鬧的是紀彥宇和紀佩瑤。

暫時為止，余藝兒還沒去知府衙門。不過，余藝兒自己喊的是，下一個就是了！

托余藝兒的福，他們紀家如今再度成為了周遭眾人茶餘飯後的閒聊話題。不單單是左鄰右舍的鄰居，包括學堂那些認識的、不認識的夫子和學生，還有糧站一眾人等，都在議論紛紛、指指點點。

紀佩芙其實不怕丟臉，可余藝兒的鬧騰，切切實實影響到了他們一家人的正常生活。

就說紀璃洛和紀暮白，都好些日子沒去學堂了。

還有紀彥宇，來年就要科考，這麼關鍵的時刻，余藝兒竟然跑來惹是生非，耽誤紀彥宇的學業。

要不是看在余蕓兒是紀璃洛和紀暮白的親生母親這一點上，紀佩芙早就報官了。

衛繁星的回信，就是在這個時候抵達鳳陽城的。

看到信封的一瞬間，紀佩芙長長地鬆了口氣。

盼了這麼久，他們家的救星可算來了！

再然後，以著最快的速度，紀佩芙看完了信上的內容。

「我大嫂說了，想要回孩子，可以！先把之前從我們紀家捲走的銀錢如數奉還，一文銀錢也不能少。」

再度站在余蕓兒的面前，紀佩芙那叫一個底氣十足，腰桿筆直。

余蕓兒的臉上僵了僵，隨即就掩面而泣，哭得甚是委屈。

「我何曾捲走過紀家的銀錢？佩芙，妳切莫冤枉我？再怎麼說，我也是妳二嫂，哪怕妳二哥如今人不在了，妳也不能緊著我這個寡婦欺負不是？」

余蕓兒這番話語，在過去的這段時日裡，紀佩芙已經聽過無數遍。每聽一次，氣不打一處來，痛得更是從未痊癒的心。

她家二哥突然遭遇變故是意外，卻不該成為余蕓兒拿捏紀家的話柄。但凡余蕓兒真的為她二哥的離世而傷心，就不會如此輕描淡寫地說出口，還一而再地以此為理由，試圖算計紀家人。

之前每聽一次余蕓兒這般說，紀佩芙就氣得想罵人，忍不住跟余蕓兒爭吵個好半天。最終的結果就是周而復始，不了了之。

但是今時今日，紀佩芙沒有如余蕓兒預期那般氣得發狂，也沒有執著地非要跟余蕓兒吵個不停，只是冷冷地盯著余蕓兒，轉述衛繁星的原話。

「我大嫂說了，長兄如父、長嫂如母。如今我紀家長輩皆是不在了，便理當由我大哥大嫂當家作主。妳想要帶走紀家的孩子，可以，先行去邊關問過我大哥。待我大哥同意，再去乾元城戶部找我大嫂。若是我大嫂也准許，妳再來紀家帶走璃洛和暮白。」說到這裡，紀佩芙嗤笑一聲。「我紀家保證，絕無二話！」

第五十一章

「什麼？」余蕓兒先是愣住，隨即抬起頭，不敢置信地看著紀佩芙。「去邊關找大哥？」

「沒錯！就是先去邊關找我大哥。」看著余蕓兒的反應，紀佩芙臉上的冷笑越發大了。「妳放心，我大哥如今不再是無名小卒，不會輕易死在戰場上的。妳只管去軍營報上我大哥的名，肯定一下子就能找到我大哥。」

見余蕓兒還是滿臉震驚，紀佩芙假裝好心地補充道：「再怎麼說，我大哥如今也是正兒八經的統領，妳這一去，說不定還能被軍營一眾將士們熱情款待呢！」

余蕓兒就不說話了。

誰要被軍營熱情款待？她又不是不怕死，借她一百個膽子，她都不敢朝著邊關去。更不必說，紀昊渲如今都是當官的了。萬一紀昊渲一個不高興，當場把她的腦袋喀嚓了，她找誰哭去？

忍不住摸了摸自己的脖子，余蕓兒不禁就有些害怕了。

聽說只有在戰場上砍足了腦袋，才能當官的。紀昊渲無權無勢的，怎麼可能輕易當官？

肯定是殺了很多人……

「我……我……」這麼多天以來，余蕓兒第一次吞吞吐吐，沒了鬧事的氣勢。

不愧是她大嫂！一出手就把人給鎮住了！紀佩芙面上得意，又不禁有些心虛。

她還是太嫩了點，怎麼早就沒有想到搬出她大哥來震懾余蕓兒呢？

「對了，我大嫂還說，若妳想要報官，儘管去。如今我紀家是官眷，理當以身作則，接受官府審查。」提及「官眷」二字的時候，紀佩芙別提多神氣了。「反正你們余家也不是第一次誣告，我們紀家也不怕第二次把你們送進牢房！」

之前，余家外婆和三舅母因為誣告紀佩琪，被抓進牢房關了三天的事情，余蕓兒再次回來鳳陽城後，便都知曉了。

想起娘家人對紀家的怨恨，余蕓兒心下也不是沒有怒氣的。

「佩芙，再怎麼說，咱們也都是一家人，你們做事需要這麼絕？我娘可是你們的長輩，是璃洛和暮白的親外婆。你們怎麼忍心眼睜睜看著兩個孩子沒了爺爺奶奶，又差點沒了外婆？」

余蕓兒的指責挺好笑的。最起碼，紀佩芙聽著極其可笑。

「兩個孩子連親娘都沒了，還在意區區一個外婆？」也不等余蕓兒辯解，紀佩芙再度開口。「對了，我大嫂在信中託妳問候一個叫孫天寶的男人。妳認識不？」

余蕓兒原本還氣勢洶洶，打算跟紀佩芙爭論幾句，好生讓紀佩芙見識見識自己的厲害。哪想到下一刻，她就被掀了老底。

孫天寶?!衛繁星怎麼會知道孫天寶的？

心下的驚駭突如其來，余蕓兒整個人都嚇懵了，臉上慘白一片。

「什麼孫……孫天寶？我不、不認識！」

「嘖！妳這口氣，可不像是不認識的。」紀佩芙又不是傻子，哪裡看不出余蕓兒的不對勁。猛地反應過來，她不敢置信地瞪大了眼睛。「難不成，這個孫天寶是妳的……」

「不是，不是！都說了不是！我不認識孫天寶！不認識！」余蕓兒猛地崩潰，轉身就跑。「我先走了，下次再來看璃洛和暮白。」

望著余蕓兒狼狽離去的身影，紀佩芙先是皺緊眉頭，隨即臉色鐵青地朝著門口狠狠翻了好幾個白眼。

合著搞了老半天，余蕓兒當初不單單是捲款逃走，還跟了姦夫！

這一刻，紀佩芙出奇惱怒。

「佩芙，怎麼……」紀佩瑤走過來的時候，看到的就是紀佩芙甚是難堪的臉色。

「四姊，妳知不知道，那個余蕓兒當初是跟著一個叫孫天寶的男人跑走的？」想也沒想的，紀佩芙就問出了口。

「什麼孫天寶？哪個孫天寶？」

紀佩芙的聲音不小，當即也被紀彥宇和紀彥坤聽到了。現下提出質疑的，就是紀彥坤了。

「我也不知道，就是大嫂在信裡提到……」紀佩芙說著話的工夫，就把衛繁星最新寄回來的家書拿了出來。

紀彥宇先接過了家書。仔細看過內容之後，臉色跟著沈了下來。

紀佩瑤和紀彥宇也都被信上的內容震住。

比起余蕓兒，他們當然是更相信衛繁星的。既然衛繁星提了這個人，就肯定有問題，甚至不需要調查詢問，就知曉了何為真相。

「我就說，她當初怎麼說跑就跑，連璃洛和暮白都不管不顧了？原來是找了野男人！」紀彥坤這話說得有些難聽，卻也十分直白。

「簡直欺人太甚！當時二哥才出事沒多久，她……她怎麼可以？」

曾經一度，紀佩瑤是真覺得余蕓兒是個好二嫂的。

可是今時今日，紀佩瑤對余蕓兒再無半分過往的情分，提到余蕓兒，只有無限的憎惡。

他家二哥在世的時候，對余蕓兒可謂是溫柔體貼，呵護備至。哪想到余蕓兒背後竟然是如此嘴臉，光是想著，就令人噁心。

「去查清楚這個孫天寶。」

紀彥宇是最後出聲的，直接盯住了紀彥坤。

紀彥坤本來就打算好生查查這個孫天寶，當即就狠狠點了點頭。「交給我！」

其實衛繁星會知道孫天寶，也不過是個意外。

只能說世上沒有不透風的牆，偏生孫天寶家的鄰居正是糧站總帳房梅昌振。又偏巧，孫天寶和余蕓兒之前私會的時候，被梅昌振撞上過那麼一回。

梅昌振不認識余蕓兒，跟孫天寶也毫無交情，對於此事，他一開始只以為是孫天寶另外說了親事。

畢竟孫天寶的妻子因病去世過幾年了，這是左鄰右舍都知道的事實。

只不過，後來一直沒有聽聞孫天寶再娶，梅昌振差不多都快要忘記此事。

直到余蕓兒再度出現在孫家附近，一副鬼鬼祟祟的模樣，怎麼看怎麼有古怪。而梅昌振的夫人恰好是個喜歡湊熱鬧的，當即就尾隨其後，偷聽了個大概。

再然後，梅昌振就知曉了余蕓兒此人的真實身分，並且在糾結一晚後，如實告知了衛繁星。

沒錯，余蕓兒其實一直沒有離開鳳陽城。

她不過是找了個地方悄悄躲了起來，方便她跟孫天寶私會。

當然，余蕓兒更想要的是跟孫天寶成親。左右孫天寶沒有妻子，她也死了男人，不是正正好？

一開始，孫天寶也是如此答應余蕓兒的。不過礙於紀昊辰才剛過世沒多久，孫天寶為了避免更多的閒言碎語，也是實實在在心虛，就想拖個半年再說。

半年麼，余蕓兒等得起，也一口應了下來。

反正她身上帶著紀家的銀錢，足夠她吃喝不愁一年半載的。

孫天寶想得好，籌謀得也好，但是安全起見，以防被紀家人找事，他對紀家的動向就多了幾分關注。

隨後，孫天寶就知道了衛繁星此人。

緊接下來，紀家一連串的風生水起，直把孫天寶給嚇住了。

尤其是在紀彥坤進了巡邏小隊，跟知府衙門攀上關係後，孫天寶已經開始打退堂鼓了。

這一旦被紀家人發現自己和余蕓兒的事情，他豈不是會被報官抓起來？

紀家人心狠啊，連余蕓兒的娘家人都送去了牢房，哪裡會在意他這個陌生人是誰？

越想越害怕，孫天寶猶豫再三，就想要跟余蕓兒斷了，以保全自己的性命。

余蕓兒卻是不知道紀家有了這麼大的能耐。在她的眼裡和心裡，紀昊辰一死，紀明和跟著出事，紀家就徹底完了。

等紀母也去世，余蕓兒對紀家再無半點的念想，直接就瀟灑走人了。於她來說，孫天寶無疑是最好的歸宿，也是她新的靠山。哪怕孫天寶處處都比不上紀昊辰，但是孫天寶會哄她高興，光是聽著孫天寶說得那些話，她就心下美滋滋的。

所以，余蕓兒丟下了紀璃洛和紀暮白這兩個包袱，義無反顧地選擇了全新的生活。至於紀璃洛和紀暮白之後會怎麼樣，那就是紀家的事情了，跟她沒什麼關係。

可余蕓兒萬萬沒有想到的是，說好的半年又半年，都幾個半年過去了，她也還是沒能如願嫁給孫天寶。

更可惡的是，孫天寶有朝一日竟然翻臉不認人了！一開始，余蕓兒極為憎恨孫天寶的無情，沒少纏著孫天寶討個說法，根本不准許孫天寶躲避。

也是因此，余蕓兒才會漏了行蹤，在孫家附近被梅昌振他們發現。

真到了這一步，其實余蕓兒是豁出去了。

左右她不可能再回到紀家，從紀家帶出來的銀錢也早已經被她花得一乾二淨。哪怕真的被紀家人抓到，余蕓兒也打算來個死不認帳，更不可能歸還那些銀錢。

如今之計，余蕓兒唯一想的就是順利嫁給孫天寶，以保障她的後半輩子無憂。

然而，孫天寶注定要讓她失望了。

在得知衛繁星任職戶部官員，孫天寶就徹底不敢跟余蕓兒有丁點的交集了。也是到了這個時候，孫天寶才跟余蕓兒說明了緣由。

他的意思很簡單，他想要保命，不敢得罪紀家，以後都不可能再跟余蕓兒見面和牽扯。

而余蕓兒也終於意識到了不對勁，知曉了真相。

第五十二章

自從離開紀家，余蕓兒刻意沒去打探過紀家的任何情況，為的就是眼不見為淨，當然也有不想心軟的理由。

她承認，她是個自私自利的女人，可她有什麼錯？她只是想要讓自己過得更好一些，不想吃那麼多的苦頭罷了。

而且她已經給紀家生了一雙兒女，也算是回報了紀家之前對她的那些好。如今她把孩子留在了紀家，紀家合該感恩戴德才對。

也不想想，若她真的把紀璃洛和紀暮白帶走，紀家才是真的家破人亡，再無一丁點的希望和念想吧！

也所以，每每午夜夢迴的時候，余蕓兒都不斷地安慰自己沒有錯，也不斷地自己強調，她沒有對不起紀家。

白日裡就更不必說了，她是隻字不提紀家人，更不想去留戀那些回不去的過往。

直到孫天寶告訴她，紀家翻身了，而且比以前更厲害，余蕓兒這才終於再一次將視線和心思轉回到了紀家。

也是到了這個時候，余蕓兒才發現，紀家竟然遠比她想像的更有大氣運！

曾經她還在紀家的時候，紀家也就一個紀明和在學堂當夫子，每個月拿回來的銀錢都是固定的。

說實話，日子實在算不上富足，堪稱清貧。

但那個時候有紀昊辰這個讀書人在，想著紀昊辰有朝一日科考高中，家裡就會飛黃騰達，哪怕余蕓兒日日都覺得過得不順心，但也忍住了。

可她沒有想到的是，紀昊辰就這樣說沒就沒了！

當官夫人的念想瞬間被斬斷，余蕓兒尚且沒有回過神，紀明和這個公公又去世了。

至此，紀家斷了所有來源，以後都只能艱難度日了。

光是想著，余蕓兒就覺得受不了，也不想經歷這些艱難和困苦。

但是如今的紀家，竟然個個都有了極好的出處。就連下鄉的紀佩琪，都被接回了鳳陽城，嫁了個鄉下男人，卻得了一份在油坊的活計！

再然後，余蕓兒也忍不住跟著心動了。

她其實很清楚，自己是不可能再回去紀家的。哪怕紀璃洛和紀暮白這兩個小的願意，紀佩瑤幾個大的也不會答應。

更別說如今紀家有了長嫂，她這個二嫂肯定要靠邊站。尤其衛繁星還那麼厲害，她是根本就比不上的。

細想了許久，余蕓兒一時間拿不準主意，就悄悄回了娘家。

隨即，余蕓兒方才知曉，余家也經歷了一番動盪和變故。

聽聞紀家人居然敢送她娘和三嫂進大牢，余蕓兒氣得面色鐵青。可惱怒之後，心下更多的還是後怕。

這無疑是紀家在報復她！只不過一時找不到她，才遷怒到了她娘家人的身上！

有那麼一瞬間，余蕓兒想要放棄了。

可她這一現身，余家人又怎麼可能再輕易放她離開？

恰恰相反，余家人等了這麼久，等的就是余蕓兒回來的這一刻。

「小妹，我真不是故意挑撥離間，可妳如今在紀家肯定是沒有容身之地了。妳自己還是好好想想，以後要怎麼過活吧！」撇撇嘴，余家三舅母的態度並不是很熱情。「妳總歸是個出嫁女，想要回來娘家自然是不行的。小住個兩三日，別人不說閒話，住久了，自己心裡也難堪不是？」

余蕓兒知道，這是三嫂在點她，不打算收留她回娘家。

對此，余蕓兒當然是不高興的。但一想到三嫂因為自己的牽連，被關進大牢三日，余蕓兒又沒辦法理直氣壯地跟三嫂叫板。

咬咬牙，余蕓兒到底還是忍下了滿腔的煩躁。

余家外婆也不是很期待余蕓兒的回來。嫁出去的女兒，潑出去的水，余蕓兒早已經不是他們余家人了，怎麼能夠回來娘家長住？

再說了，余蕓兒從紀家拿走了那麼多的銀錢，一文銀錢都沒往娘家送，想也知道是個無情無義的。

既然余蕓兒心裡不惦記娘家，他們這些娘家人又怎麼可能一心一意為余蕓兒籌謀？此刻見余蕓兒一副無處可去的可憐模樣，余家外婆一邊覺得尤其解恨，一邊又十分怒其不爭。

「妳給紀家生了一雙兒女，沒有功勞也有苦勞，還能被紀家趕了出來？妳只管回紀家去！紀家要是不讓妳進門，妳就把兩個小的帶出來，看紀家人怎麼說！」

「娘這話在理。再怎麼說，我們也是親外家，兩個孩子帶回余家，我們肯定不會坐視不理的。我和妳三哥，也願意將兩個孩子當成自己的親生兒女看待。」

余蕓兒回不回娘家，余家三舅母不稀罕，但是紀璃洛和紀暮白這兩個孩子，余家三舅母仍舊沒有死心。

余蕓兒心知肚明三嫂的盤算。

早先紀家還沒出事的時候，三嫂就跟她透露過這個想法。

只不過，那時候三嫂說得好聽，只是想要將紀璃洛和紀暮白接回余家養上半年，沾沾龍鳳胎的喜氣。說不定很快地，她就能跟著有喜，懷上孩子。

三嫂的想法，在余蕓兒聽來嗤之以鼻。

她兒子女兒的喜氣，憑什麼要給三嫂沾？萬一三嫂把喜氣都給沾沒了，她一雙兒女豈不是要跟著倒楣？

彼時，余蕓兒不客氣得拒絕了，一丁點商量的餘地也沒有，完全不怕得罪娘家人。

但是現下的余蕓兒，就又是一番不同的想法了。

三嫂竟然迄今為止都還沒有懷孕？再這樣下去，她三哥豈不是要絕後了？

再看余家外婆著急發愁的模樣，余蕓兒冷靜下來仔細想了想，又覺得這件事並非不能商量。

當然了，她是不可能把自己的孩子白白送給三嫂養著的。她已經想好了，真把兩個孩子接出來，也是她這個親娘帶著。

左右有紀璃洛和紀暮白在，紀家就必須每個月給她銀錢；有了銀錢，她的日後就不必擔心了。

為了自己的以後，余蕓兒卯足了勁跑去紀家鬧。

她都打算好了，實在不行就硬搶。

偏偏如今紀家有了靠山，知府衙門的總捕快幾乎每日都要去紀家，她生怕被抓進大牢，就只能來軟的了。

還有紀璃洛和紀暮白這兩個白眼狼。她可是他們的親娘，可兩個孩子都不肯認她，一見到她就跟見了鬼似地轉身就跑。直把余藝兒氣得不輕，好幾次差點沒忍住當場罵人。

要不是看紀璃洛和紀暮白對她還有大大的用處，余藝兒真的很想甩手走人，這一輩子都不理睬這兩個白眼狼了。

左右她還年輕，等她以後再生幾個可心的孩子，哪裡還需要在意紀璃洛和紀暮白？

余藝兒自顧自地想好、打算得也好，可她萬萬沒有想到，她和孫天寶的事情會這麼早曝露，還被紀家人知曉了！

因亂了陣腳，余藝兒不敢繼續在紀家大門外逗留，倉皇逃走，打算回家後仔細商量對策，再來找紀家。

紀家這邊，因為紀彥坤慢慢鋪展開來的人脈，很快就查到了孫天寶。

根據各種蛛絲馬跡，孫天寶和余藝兒的事情就一清二楚了。

涉及到紀昊辰，紀彥坤實在氣不過，直接找到孫天寶家裡，狠狠將孫天寶揍了一頓。

孫天寶不認識紀彥坤，可一看到來人是知府衙門的捕快，他立刻就面色發黑，猜到了緣由。

以至於被紀彥坤狠揍的時候，孫天寶根本不敢反抗，一個勁兒地噭噭大喊。最後實在撐不住，主動交代了跟余蕓兒是如何認識，又是何時勾搭上的事實。

確定余蕓兒是在紀昊辰出事之前，就跟孫天寶勾搭上以後，紀彥坤沈著臉，乾脆俐落地將孫天寶押進大牢。

再然後，余蕓兒也沒躲過，跟著關進了大牢。

她想著紀家人要臉，不至於把事情鬧大；又想著自己是紀璃洛和紀暮白的親娘，之前捲走紀家的銀錢，紀家也沒報官，此次肯定也不會拿她怎麼樣……

再多的「想」都是枉然，如今擺在眼前的事實就是，她被抓了！

余蕓兒想要求饒，也一直在大呼冤枉。她是無論如何都不可能承認，自己和孫天寶是在紀昊辰還在世的時候，就有了姦情。

然而不管她怎麼喊都沒用，孫天寶親口承認了，還拿出當初跟余蕓兒的定情信物。

至此，余蕓兒再說什麼，都是無濟於事。

她硬生生把自己給弄進了大牢。

而這一關，可不是兩、三日的光景，起碼得好幾年。

紀璃洛和紀暮白也知曉了事情的後續。

抿抿嘴，兩個孩子都有些傷心，更多的是憤怒。

他們爹爹那麼好！那個女人怎麼可以？

知道兩個孩子很難過，由紀佩瑤作主，讓紀彥宇帶著兩個小的前往乾元城，投奔衛繁星去了。

見到紀彥宇帶著兩個孩子來乾元城，衛繁星並不意外。「出來散散心，也挺好的。」

其實衛繁星想過要放余蕓兒一馬的，這也是為何梅昌振告知了她此事，她卻始終按兵不動，沒有多言的原因所在。

比起余蕓兒這個陌生人，她肯定更在意紀璃洛和紀暮白兩個孩子的心情。

然而到底還是沒能遮掩住這件事，就只能儘量安撫兩個孩子受傷的情緒了。

第五十三章

「大伯母！」

一見到衛繁星，紀璃洛和紀暮白一左一右地撲了過去。

看兩個孩子都哭得可憐，衛繁星面不改色，直接說道：「再哭就是小花貓了。想不想吃好吃的？大伯母帶你們在乾元城多逛逛。」

紀璃洛和紀暮白同時抬起頭，擦了擦眼淚，一邊委屈一邊又迫不及待地點了點頭。「想吃！」

「那就出去玩。乾元城可比咱們鳳陽城更大、更好玩，好多你們沒有見過的熱鬧，還有很多你們沒有吃過的好吃的。」輕輕地摸了摸兩個孩子的腦袋，衛繁星的語氣很是溫和。

「要是你們看到喜歡的玩意兒，也可以買回來。」

紀璃洛和紀暮白就被吸引走了部分心思。「貴不貴的啊？」

「有貴的，也有便宜的。你們自己出去看，再仔細挑一挑，喜歡什麼直接買回來，大伯母給銀錢。」

衛繁星說著就故意拍了拍自己的荷包，一副財大氣粗的模樣。

紀璃洛和紀暮白眨了眨眼睛，臉上還掛著淚珠，眼底卻是有了亮光。「我們自己也有銀錢的。」

衛繁星之前還在鳳陽城的時候，就會給他們發零花錢。等衛繁星不在鳳陽城了，紀佩芙也會給他們發。

還有過年時候的壓歲錢，紀璃洛和紀暮白固然算不上大富，卻也有點小財。

「不用你們的。來了乾元城，肯定是大伯母出。」

再怎麼說也勉強算得上是她的地盤，衛繁星可不會讓兩個小的吃虧。

隨後，衛繁星就帶著紀彥宇還有兩個小的出門了。

一如衛繁星所言的那般，乾元城跟鳳陽城有著很大的不同。不單是紀璃洛和紀暮白，連紀彥宇都看得有些眼花繚亂。

「富貴迷人眼。」適時地，衛繁星開口說道。

紀彥宇頓了頓，隨即認真點了點頭。

帶著紀彥宇和兩個小的在乾元城逛了一整日，又吃了兩頓好的，衛繁星四人回到住處。

因為只有兩間屋子，紀璃洛晚上跟衛繁星睡，紀彥宇則跟紀暮白叔姪二人睡一間屋子。

都是自家人，不講究那麼多，如此安排，倒也穩妥。

不過對紀璃洛而言，還是第一次跟衛繁星睡覺，難免就又緊張又興奮。

「大伯母，我晚上睡覺不打鼾的，也很老實。」跪坐在床上，紀璃洛乖巧地說道。

「我知道。」紀家的孩子都很有教養，衛繁星並不排斥跟他們更多的相處。今日若是來的紀佩瑤或紀佩芙，情況所限，她都會如此安排。

當然，但凡有多的一間屋子，衛繁星也勢必是要獨處的。

她這個人自在慣了，更樂意的還是一個人睡一間屋子。

看出衛繁星沒有太過嫌棄她，紀璃洛長長地鬆了口氣，老老實實地躺在了床上。

衛繁星也沒有多的話語，就準備睡覺。明天還要去戶部上班，忙著呢！

然而，紀璃洛卻是睡不著。

之前在鳳陽城，她一直憋著沒有說。如今見到衛繁星，她下意識就特別信任，也想要說出自己的心裡話。

「大伯母妳說，我以後是不是都沒有娘了啊？」

余蕓兒帶走了紀家所有的銀錢，紀璃洛肯定是生氣的。但因為衛繁星的及時到來，紀家沒有受特別多的苦頭，乃至紀璃洛對余蕓兒談不上怨恨。

不過，這次余蕓兒回來以後發生的事情，就讓紀璃洛徹底斷了對親娘的念想。

「沒娘不一定過得不好，有娘也不一定就過得很好。」衛繁星沒有明確回答紀璃洛，只是如此回道。

紀璃洛眨眨眼，又眨眨眼，仔細想了好半天衛繁星的這句話，最終露出了笑容。「大伯母說得對。我沒有娘，但我有大伯母，有大伯，有姑姑，還有叔叔。我有很多很多的家人，大家也都很愛我，照顧我。我以後肯定會過得很好，絲毫不比那些有娘的孩子差！」

不得不說，紀璃洛是聰慧的。

這樣的小姑娘，衛繁星也特別喜歡，當即就點了點頭，又多說了幾句。「妳現在還小，不需要想那麼多。每日就只管吃喝玩樂，再好好讀書識字就行了。其他的事情，只管交給家裡的大人處理。」

「嗯！」紀璃洛咧開嘴巴，笑了起來。「大伯母真好。」

「小丫頭倒是嘴甜。」輕輕點了點紀璃洛的額頭，衛繁星安撫地說道：「玩了一天，累了吧？睡覺。有什麼話，明天再說。」

「好。」紀璃洛就真的安心睡了。

衛繁星啞然失笑，跟著入眠。

另一間屋子裡，紀暮白也有些睡不著。但他沒有太過煩躁，也並非難過，或者傷心。

看出紀暮白的情緒不定，紀彥宇直接拿了一本書遞給紀暮白。

睡不著就看書，靜靜心。

紀暮白抿抿嘴，沒有拒絕紀彥宇遞過來的這本書。

隨後，叔姪二人默默看書，各自安好，誰也不打擾誰。

次日，衛繁星一早醒來就要去戶部，給紀彥宇三人留下銀錢，交代他們自己出門去買吃的，就走人了。

對於衛繁星如此甩手掌櫃的作為，紀彥宇三人誰也不意外，更沒有出聲指責衛繁星半句的不是。

在他們的心裡，不管衛繁星做什麼，都是對的，根本不需要多言。

聽聞紀家人來了乾元城，賀家長輩很重視，特意邀請紀彥宇他們來家裡做客。

紀彥宇本來是想要拒絕的，可想到賀鳴洲已然跟紀佩瑤訂親，無疑是他們家板上釘釘的女婿……

紀彥宇就還是點了頭，帶著兩個孩子去了賀家。

他們也沒多待，就是吃了一頓飯的工夫。不過無法避免的是，他們再度收到了來自賀家的禮物。

按著賀母的話來說，就是長者贈，不可辭。

沒辦法，紀彥宇只能帶著紀璃洛和紀暮白，老老實實地收了下來。

等到回來告訴衛繁星，登時惹來衛繁星了然的笑容。

「所以，你們知道我為何不跟著去了吧！」

看紀彥宇三人還是有些不自在，衛繁星擺擺手，笑容更大。「好了、好了，沒事的，你們只管收著。等以後送節禮和年禮的時候，咱們家再補回去就行了。」

每個人都有自己為人處事的習慣，像賀家明顯十分熱情，但也確實彰顯出了對這門親事的重視，以及對紀佩瑤這個媳婦的滿意。

對此，衛繁星也挺看好的，總不能逼著賀家以後都不送禮了吧！

好在他們紀家如今也不差什麼，還得起這些人情。相對應地，大家也不必心裡有過多的負擔了。

聽到衛繁星如此說法，紀彥宇三人這才鬆了口氣。否則，萬一不小心給家裡添了麻煩，他們還不如不去賀家做客呢！

「對了，小六，你既然來了乾元城，就乘機多看看這邊讀書人的文章。我聽說乾元城的讀書人比咱們鳳陽城的厲害，你取長補短，自己斟酌著辦。」

衛繁星不是讀書人，不大懂得區分好壞。

但是乾元城身為皇城，肯定有著不可替代的重要性。其中有些資源，也是其他城鎮遠遠比不上的。

「或者你也可以寫幾篇文章，我幫你拿去戶部找那些同僚看看。他們個個都是科舉出身，好幾位當年還是殿試頭三名呢！」

衛繁星如今在戶部也是有人脈的。只是幫忙看幾篇文章的人情，她完全欠的下來。或者說是戶部別的官員總算找到機會，可以還她的人情，倒也不失為一件好事。

紀彥宇本來沒想要這般麻煩衛繁星。

他人來了乾元城，確實有想過要多看看乾元城這邊的書籍和文章，藉此來比較自己的差距，彌補自己的不足。

但拿他的文章去給戶部的官員看，紀彥宇不是害怕露怯，只不過擔心會給衛繁星惹來不必要的困擾和麻煩。

「真不是什麼大事。我這個會計也不是白考的，在戶部也幫了諸位同僚不少的忙。早先大家還想請我吃飯以示感謝來著，都被我給拒絕了。如今能有機會讓他們還還人情，他們肯定樂意之至。」

衛繁星說這話的時候，臉上盡是笑意，不帶絲毫的勉強。

紀彥宇愣了愣，下意識就問道：「這樣就算還人情了？」

衛繁星不由就笑了。「放心，咱們不虧的。」

何況衛繁星從未真的將這些人情記在心上，也沒想過要那些同僚幫她做什麼。一直把這些人情擱置，她自己倒是不急，卻架不住那些同僚心下惦記。

趁此機會一併了清，其實挺好的。最起碼，衛繁星覺得自己不虧。

聽衛繁星這般說，紀彥宇就點了點頭。

他對衛繁星是絕對信任的，自然衛繁星說什麼，就是什麼了。

衛繁星速度很快，第二日就把紀彥宇的文章帶去了戶部，請一眾同僚幫忙檢閱。

「這文章寫得不錯啊！文筆好，措辭也精準，夠犀利。」

戶部尚書純粹是路過，看這邊熱鬧就湊近了。再然後，他驚為天人，率先點評道。

「確實不錯。不過，文風稍稍務實了些。」這是更喜歡華麗詞藻的一位戶部官員。

「務實怎麼了？務實才好。非要堆砌的跟亭臺閣樓似的才顯得高深？也不見得吧！」這是就喜歡務實文風的另外一位官員。

第五十四章

緊接下來，一眾戶部同僚各有各的看法，各有各的說法，堪稱是慷慨激昂，討論得特別激烈。

衛繁星沒有參與其中，只是靜靜坐在一旁。不管是好的還是不怎麼好的點評，她都逐一認真記住。

綜合下來再總結一番，其實大家的統一點評很清楚，紀彥宇的水準不錯。

至於這個「不錯」到底是否有可改進的空間，就見仁見智，眾說紛紜了。

最終，戶部尚書給了衛繁星最終定論。「令弟科考的時候，妳注意打探一下究竟是哪位朝中同僚監考，屆時適當地投其所好便可。」

衛繁星了然，瞬間懂了，起身感謝戶部尚書的提醒。

「也不必道謝。其實不投其所好也沒關係，有的同僚偏生就喜歡跟他針鋒相對的風格。我這個提醒，還不一定是福是禍。」戶部尚書實話實說道。

「還是理當感謝的。」衛繁星卻是不同觀點。「做不做另當別論，知不知道才是前提。」

「是這個理。只要心中有數，哪怕沒有改變自己的文風，亦不後悔就是了。」對衛繁星這番觀點，戶部尚書極其贊同。

與此同時，戶部一眾同僚已經商討完畢，各自奮筆疾書，留下了他們的建議，一併拿給了衛繁星。

「感謝感謝。」衛繁星盡數收下，連連道謝。

大家也都沒跟衛繁星客套，完了還表示，之後再有需要，隨時找他們，他們定當全力以赴。

知道大家都是認真想要幫忙的，衛繁星自然不會反對，悉數應下。

如此這般，紀彥宇就忙碌了起來。

衛繁星拿回來的都是當朝官員的真知灼見，機會何其難得，絕非常人可以想像。相對應地，對紀彥宇的幫助亦是重大且深遠，導致紀彥宇靜思冥想了近兩個月，可謂收穫頗豐。

紀彥宇在乾元城待了兩個月，紀璃洛和紀暮白想當然地也是如此。

眼看著年關將近，衛繁星想了想，索性去信一封，交代紀佩瑤他們都來乾元城過年。正好，她也要帶紀佩瑤上賀家走動。

衛繁星來到這乾元朝已經過了兩個年關，卻一個親戚也沒走動過，即將到來的賀家，實打實地排在第一，也是迄今為止的獨一個。

收到衛繁星的來信，紀佩瑤、紀佩芙和紀彥坤三人商量了一下，沒有太多為難就決定乖乖聽從大嫂的安排。

只不過如此一來，紀佩琪就得留在鳳陽城了。

「沒事，你們去吧！等以後有機會，我再去乾元城見大嫂。」

紀佩琪才剛生產完，是個可愛的小閨女，本來就需要靜養，不適宜長途奔波。

加之她年後才是真正結束十年青娘子的生涯，年關自然不宜出遠門。

紀佩琪不能跟同前去的理由是顯而易見的，紀佩瑤他們也沒失望。仔細交代吳伊川這個姊夫務必要照顧好紀佩琪母女，方才安心，只待年關到來，他們就啟程出發。

確定了紀佩瑤他們要過來乾元城過年，衛繁星的心思就活絡了起來。

在她入職戶部三個月期滿，現下住的這個小院子就自動記在她的名下，成為了她的私產。

但是，只有兩間小屋子，可不夠紀佩瑤他們過來一起住的。

那麼，買房子就成為了當務之急的重中之重。

得虧她如今是朝廷官員，享有自主買賣房屋的權利和自由，否則這還真的是一個大難題。

不過衛繁星手裡的銀錢說多不多，說少也不少，真要買房子，就需要仔細衡量再出手了。「大嫂，我這裡有銀錢。」衛繁星才剛冒出想要買房子的苗頭，紀彥宇就開口說道。

「你哪裡來的銀錢？」不是衛繁星懷疑紀彥宇，實在是紀家其他人都有工作，唯獨紀彥宇只是一個讀書人。

「是五姊讓我帶來乾元城的。」

紀彥宇帶著兩個姪子姪女來乾元城，紀佩芙率先想到的就是要多帶點銀錢防身。再一想到衛繁星在乾元城說不定也需要花銀錢，紀佩芙索性就大手一揮，把家裡所有的存銀都給紀彥宇帶上了。

本來，紀彥宇應該一到乾元城就拿出來交給衛繁星的，但是想到衛繁星的脾氣和性子，紀彥宇沒有貿然行動，而是靜待機會。

像眼下這個時刻，就很合適。

眼睜睜看著紀彥宇把銀錢拿出來，衛繁星也是一陣無奈，更多的是好笑。「你們幾個小的，還真是各有想法。」

不過，衛繁星並未拒絕紀彥宇帶來的這些銀錢。「買房子是大事，確實需要銀錢。既然你們都帶來了，我也就不客氣了。」

紀彥宇不假思索地點點頭，認可了衛繁星的話。

別說衛繁星買房子是正事，哪怕她只是想要自己開銷，紀彥宇也會眼睛眨也不眨地拿出這些銀錢。

在他的心裡，紀家之所以能有今時今日，全都是仰仗衛繁星。不管衛繁星花多少銀錢，只要紀家有，就理當全部拿出來，當仁不讓。

手裡有了銀錢，衛繁星可挑選的範圍就更大了。

一時間，她就不著急出手了。

總要買個合適的才行不是？不合適的，銀錢花光了，住得還不順心，著實不划算。

也是衛繁星有這個耐心等。一個半月後，衛繁星趕在臘月裡，順利買到了隔壁的小院子。

說是小院子，隔壁比她這邊多了一間屋子，總共三間屋子、一個廚房，外加一個茅廁。

院子確實不大，相對應的花銷也不是特別昂貴。最關鍵的是可以直接在兩處院子的圍牆上開一個拱門，這樣就完美地成為了一處住宅，實打實的五間屋子。

紀彥宇本還擔心他們所有的銀錢不足以在乾元城買到一處很合適的住宅，但是見到衛繁星對兩個小院子的安排之後，連連點頭，爭分奪秒找人把圍牆上的拱門給開好了。

「感覺廚房也不必有兩個。不然，推倒了重建？這樣多出來一間屋子，以後咱們家人來了乾元城都能住得下。」

衛繁星肯定是不會動茅廁的，家裡人多，多個茅廁是好事，更加方便。但廚房的話就實在不必了，最起碼她不會開火做飯，多的完全是閒置的，浪費。

「可以。」深知衛繁星的性子，紀彥宇點點頭。「隔壁的廚房小一些，動隔壁的。」

「嗯，我也是這樣想的。」

想也知道，歸屬戶部的住宅是最好的。衛繁星名下這個小院子雖然只有兩間屋子，但每個屋子空間都大，廚房也特別地齊整。

不像隔壁的院子，大是大了些，但各方面都不如衛繁星這個小院子乾脆俐落，格局也不是特別合理。

既然要動廚房，那就立馬動工。

跟找來的工匠師傅仔細確認過後，衛繁星不客氣地在推倒的廚房旁，又多建了一間小屋子，同時將原有的三間屋子，區隔變成了五間。

忙忙碌碌大半個月，趕在除夕之前，新院子徹底規整完畢，一共七間屋子、一個茅廁。

比起之前的三間屋子，如今的七間自然要小不少，但是衛繁星說了，能夠一個人一間屋子，哪怕空間小一點也不是壞事，住得更舒服，也自在。

紀彥宇是認可這個說法的，當即就自己挑了一間屋子，搬了進去。

有樣學樣，紀暮白也搬去了隔壁。

紀璃洛同樣搬了屋子，但沒有搬去隔壁院子，而是跟衛繁星同一個院子。

等紀佩瑤他們緊趕慢趕地抵達乾元城，意外發現他們竟然都能一人一間屋子，住得比在鳳陽城還要更自在。

「我居然自己一個人一個屋子的？」

紀家三姊妹從小就是一間屋子，到了紀佩琪下鄉後，就變成紀佩瑤和紀佩芙兩人一間屋子。乃至此時此刻，面對自己一間屋子的事實，紀佩芙又是驚喜又是激動。

紀佩瑤也沒想到，他們都來乾元城，並未給衛繁星增添太大的麻煩。

之前衛繁星回鳳陽城的時候提過，她在乾元城的住處只有兩間屋子。本來紀佩瑤還在擔心，他們都來乾元城，要怎麼安排住處。

如今齊整整的七間屋子擺在她的眼前，哪怕不是那麼地大，卻也讓她特別安心。

加上她、佩芙和小七，還剩下兩間屋子空著呢……

「兩個院子買在一起，直接在圍牆開一個門……大嫂，妳這也太聰明了吧！」紀彥坤考慮得倒不是屋子，而是這多出來的拱門。

本來兩個院子都不算大的，他們家人不少，怎麼住都顯得擁擠。可這一打通，立馬就寬敞了起來，看著就敞亮。

「很多人家都是這樣做的。」衛繁星可沒覺得這般操作是自己特立獨行想出來的，當即說道。

「那我不知道。我知道的，就只有大嫂一個人這樣做了。」紀彥坤嘿嘿一笑，認真地暢想道：「以後有機會在咱們鳳陽城，也這樣買下隔壁，打通了一起住。」

「你倒是想得多。咱們在鳳陽城的左鄰右舍，哪個不是住了好些年的，怎麼可能輕易賣房子？難不成要搬到別的地方，再另外買下兩處院子？」紀佩芙不客氣得翻了個白眼，打破紀彥坤不切實際的幻想。

第五十五章

紀彥坤頓了頓。被紀佩芙這麼一提醒，還真是。

他們一家在鳳陽城住了那麼久，沒有特殊原因，根本不可能搬家。

隔壁的左鄰右舍也是如此，不會輕易賣房子。想當然，也就沒有多的院子讓他可以打通圍牆了。

至於另外買下兩處院子，一是太貴了，二則是完全沒有這個必要。

眼看這姊弟倆鬥嘴，衛繁星沒有攔著也沒有規勸，轉而跟紀佩瑤說道：「隔壁院子記在小六的名下，以後若是有需要，再行更換。」

「不用，就記在小六名下好了。小六以後要來乾元城科考，院子給他住更合適。」

想也沒想，紀佩瑤搖了搖頭。

紀家這一輩的男丁，如今只有三人。大哥遠在邊關，小六和小七不管寫在誰的名下，都是可以的。

再者小七以後要在鳳陽城的知府衙門當捕快，不可能來乾元城住多久。寫在小七的名下，完全不必要。

「沒錯。小七以後住鳳陽城，娶了親也可以住家裡的。」紀佩芙聽到這話，也是點了點頭。

他們家在鳳陽城的院子，原本是寫在爹爹紀明和的名下；爹爹去世以後，就改在了大哥的名下。

但對他們這些弟弟妹妹而言，不管寫在誰的名下，都是他們的家，一輩子的家。

「嗯，我直接住家裡，不用來乾元城。」

紀彥坤原就是個心大的，當然不會為了這件事跟紀彥宇起爭執。

何況知府衙門其實是管住宿的，他若是不在家裡住，也可以直接住知府衙門，完全不必擔心沒有去處。

見紀家姊弟是真的沒有其他想法，衛繁星不由就笑了。

她之所以會把隔壁院子記在紀彥宇的名下，當然也有紀彥宇以後需要來乾元城科考的原因。不過更關鍵的是她買下隔壁的時候，就只有紀彥宇在乾元城，來不及等紀佩瑤他們趕來了。

再者，就如同她剛剛所說，只要紀佩瑤他們自己商量好了需要更換，隨時都能去衙門把名字換上，倒也不是什麼太大的問題。

不過目前看來是不需要更換了。最起碼，暫時不需要。

紀佩瑤人來了乾元城，當然要去賀家走一走。

這一次，衛繁星帶著紀佩芙他們都跟了過去。

到底是親家，必要的走動不可少。別說這樣的機會實在不多，下次還不一定何時，紀家幾個孩子都能齊聚乾元城。

初次登門，想當然衛繁星準備的禮物也足夠的豐厚，絲毫不失禮數。

「來就來，怎麼還提了這麼多東西？」

賀母是真的挺喜歡紀佩瑤這個二媳婦的，對衛繁星印象也很好。跟他們一家子走動，賀母完全沒有異議，自然而然也不是那麼的注重虛禮。

「應當的。」衛繁星沒有太多的客套話語，只是認真朝著賀母點了點頭，說道。

賀母便也沒再多說，只是熱情地將衛繁星等人迎進門，好生招待。

提及紀家人要在乾元城過年，賀母連忙提出邀約，準備一手包辦兩家人的年夜飯。

隨後，衛繁星客氣地拒絕了。

先不說紀佩瑤還沒嫁進賀家，哪怕她嫁給了賀鳴洲，也沒有娘家人來夫家過年的道理。

更別說真要一起過年，紀家人不一定自在，他們自家人也不一定吃得就舒坦。

所以還不如分開各過各的，反而更輕鬆和樂。

見衛繁星意已決，賀母這才放棄了邀請，沒再勉強。

不過賀母還是提出，過年期間衛繁星一定要帶著紀家人過來賀家做客，務必要聚在一起熱鬧熱鬧才是。

已經拒絕了第一次，衛繁星沒再開口拒絕第二次。

而且情理上，他們此次過年的確要上賀家拜年的，只不過具體要看哪一日更合適。

在賀家吃過午飯，衛繁星沒再逗留，帶著紀佩瑤他們一併離開。

賀母甚是好客地想要挽留，到底還是沒有留住，只能起身送客。

從賀家出來，紀佩芙長長地鬆了口氣。

「太熱情了！」

紀彥坤也是連連點頭。「只盼望下次再登門的時候，別這麼熱情了。」

衛繁星好笑不已。「賀家真要是不熱情，只怕你們才要生氣罵人。」

「倒也是。再怎麼說也是咱們四姊的婆家，可不能慢待咱們四姊。」紀佩芙轉念一想，又改了口。

她並不在意賀家對自己是什麼態度，但賀家不能不重視紀佩瑤。否則，她肯定要罵人。

紀彥坤慢了半拍反應過來，一臉的恍然大悟。「是了！這是不是表示，賀家對咱們四姊很滿意，也很喜歡？」

衛繁星看了眼紅著臉不說話的紀佩瑤，肯定道：「最起碼在我看來，是這樣。」

紀佩瑤抿抿嘴，本來想說些什麼，又忍住了。

主要是她確實不知道該說什麼是好。總覺得不管說什麼，都好像不太對。

「雖然四姊以後嫁了人，不用搬來乾元城住，但婆家都是好的，自然是大喜事。」紀佩芙自己還沒說親，提及紀佩瑤和賀家的關係，反而分析得頭頭是道。

「不用跟婆家人一起住，肯定更自在。」紀彥坤說到這裡，悄悄壓低了聲音。「雖說賀家人態度挺熱情，但我還是覺得很拘束，不太習慣。」

「那肯定的。賀大人可是刑部的，換了誰不怕？」

紀佩芙也挺怵賀父，只覺得賀父一身的氣勢，尤為嚇人。

「也對。雖然刑部是審案子的，但據說也會用刑。碰到那些不老實又罪大惡極的犯人，可不會心慈手軟。」紀彥坤身為捕快，最關注的就是兵部。此外，就是刑部了。

被紀彥坤這麼一說，紀佩芙渾身一個激靈。

她就說，怎麼看著賀大人就怕。之前見到賀鳴洲這位總捕快的時候，也沒怎麼樣。

如今仔細想想，賀大人確實厲害，比鳳陽城的知府大人還要嚇人。

紀佩瑤也是頭一回聽說這事，不由得就看向了衛繁星。

「怎麼？怕了？」好笑地拍了拍紀佩瑤的胳膊，衛繁星打趣道：「放心，妳跟妳公公沒什麼衝突，最多就是跟妳婆婆處不來。」

衛繁星在戶部待了這麼久，對這位刑部赫赫有名的賀大人的人品和為人還是有所耳聞的。

想也知道賀大人不可能會為難紀佩瑤這個兒媳婦，紀佩瑤完全不必緊張。

至於賀母，今天的態度已然說明一切，紀佩瑤就更加不必慌張了。

「當然，真要有什麼衝突，妳也不必害怕。咱們紀家又不是沒人了，不管任何時候，妳都能回來家裡。何況妳自己有手有腳，又有在糧站的活計，怕什麼？」

衛繁星是真不覺得，嫁了人就只能一輩子仰仗夫家。

相對應地，娘家人也不必視為唯一的指望。

就她自己而言，靠誰都不如靠自己。這也是她為什麼一直跟紀佩瑤姊妹強調，要有自己工作的原因所在。

還有紀佩琪也是。當初紀佩琪提出把油坊的活計讓給吳伊川，衛繁星一度想撒手不管的。

但是仔細想想，紀佩琪的情況確實跟其他人不同，把活計讓給吳伊川也情有可原，衛繁星這才沒有多說什麼。

被衛繁星這般一安慰，紀佩瑤仔細想想，忽然覺得很對。

先不提賀家長輩對她確實很好，哪怕日後真的鬧了矛盾，她還有娘家可以回。再不濟自己有活計，每個月都有銀錢，完全可以養活自己，怕什麼？

「大嫂，我知道了。」想通以後，紀佩瑤鄭重其事的點了點頭，說道。

一旁的紀佩芙也覺得很有道理。

她本來就不急著說親，如今就更不慌了。

與其忙著找夫家，她還不如安安心心地把自己的活計幹好，反而更可靠。

在乾元城過了一個安安穩穩的好年，紀佩瑤他們就回去鳳陽城了。

紀彥宇也跟了回去。不過，紀璃洛和紀暮白都留了下來。

紀彥宇是因為要回去鳳陽城科考，待到考中秀才，再來乾元城繼續讀書。

紀璃洛和紀暮白則是為了避開余蕓兒入獄帶來的不良影響。

到底是在鳳陽城住了那麼多年，余蕓兒一出事，根本瞞不住。

周遭左鄰右舍看向紀璃洛和紀暮白的眼神不對勁，學堂那邊知曉的人也很多，難免風言風語。

紀璃洛和紀暮白到底還小，不比紀彥宇那般有耐性。而且余蕓兒的事情，跟當初紀家遭遇變故，又是截然不同的性質。

再三考慮之後，紀佩瑤他們還是想著將紀璃洛和紀暮白留在乾元城，更為妥當。

衛繁星沒有反對他們的安排。紀璃洛和紀暮白雖然年紀小，卻很乖巧懂事。即便留在乾元城，也不會給她造成太大麻煩。

而且家裡有兩個小的陪伴，也不是什麼壞事，還能熱鬧些。

紀璃洛和紀暮白都知道，家裡人是為了他們好，所以被留在乾元城，他們兩個都沒有哭鬧。

在他們的眼裡和心裡，紀佩瑤他們是至親的家人，衛繁星這個大伯母也是。而且衛繁星還更有威信，也更讓他們敬仰和崇拜。

第五十六章

送走了紀佩瑤一行人，衛繁星的日子再度恢復如常。除了家裡多了兩個小的，再無其他波瀾。

二月，紀彥宇通過縣試。

四月，紀彥宇順利通過府試，成為了童生。

同年八月，紀彥宇穩穩當當地考過院試，拿到了秀才功名。

這個時候的紀佩琪已經搬回鳳陽城紀家住了，吳伊川也順順當當地找到了新的活計，將油坊的活計還給了紀佩琪。

說起吳伊川找到新活計這件事，還是多虧了衛繁星在糧站那邊的人脈。所以，在糧站崗位有空缺的時候，讓紀佩瑤及時告知，再然後，順利進入糧站。

儘管只是在糧站搬運糧食的苦力活，吳伊川也很知足。

最起碼這樣一來，紀佩琪油坊的活計可以物歸原主了。

紀佩琪對此也很滿意。如今的她小家安樂，大家融洽，已然是她能想得到的最美好畫面了。

「今年年關，大嫂回來鳳陽城嗎？」若是不回來，紀佩琪是肯定要帶著吳伊川父女一起，跟著去乾元城的。

「大嫂說還沒決定。她今年挺忙的，好像開始分管好幾個城鎮的帳目了。」紀佩芙輕聲說著衛繁星最近一封家書裡面的內容。

「那就到時候看。實在不行，還是咱們去乾元城。」

比起衛繁星戶部任職的繁忙，紀佩琪他們多多少少都要閒一些。

「可以的，我也是這樣想的。對了，三姊，今天家裡來了一封河裡村的信。」

今天傍晚時分，紀佩芙是第一個回到家的。所以這封信，理所當然就遞到了紀佩芙的手中。

河裡村啊……紀佩琪的臉色變了變，明顯不是很想看到這封信。

然而，該看還是要看。

片刻後，默默看完整封來信的紀佩琪撇撇嘴，面上露出了譏諷。

「怎麼了？發生什麼事了嗎？」看紀佩琪的臉色不是很好，紀佩芙問道。

「是吳家人的來信。說是家裡有人要成親，讓我和妳姊夫寄些銀錢回去。」沒有遮遮掩掩，紀佩琪直接說道。

紀佩芙下意識就想反問一句「憑什麼」，話到嘴邊又忍了回去，只是問道：「寄多少？」

紀佩琪面色就越發譏諷了，淡淡地回道：「二十兩銀子。」

「簡直癡心妄想！」紀佩芙瞬間瞪大眼睛，不敢置信地喊道：「你們哪裡來的這麼多銀子？」

「讓我找娘家人拿呢！」紀佩琪語氣涼涼，盡顯不屑。

紀佩芙忍了又忍，還是沒忍住地罵出聲來。「真是厚顏無恥！」

等紀佩瑤和紀彥坤回來，也是立馬知曉了此事。

紀彥坤的反應不消多說。「不可能！」

紀佩瑤則是頓了頓，擔心地看向紀佩琪。「三姊，姊夫那裡怎麼說？」

「糧站今晚有一批糧食到，他夜裡也要幹活，還沒回來。」

跟紀佩琪在油坊的固定時間不同，吳伊川時常都要日夜顛倒，加急趕工裝卸糧食，也是很辛苦的。

「那姊夫跟他們家裡……」

紀佩瑤想要問些什麼，又怕太過唐突，不該多問。

「放心，你們姊夫聽我的。」至於吳家人，紀佩琪嗤笑一聲。「我何時變成那麼好欺負的了？」

「我記得三姊剛一成親，就跟吳家分家了，即便吳家想要借銀錢，也沒道理獅子大開口。就算三姊夫不高興，也沒理由。」

當時，紀佩琪成親，紀彥坤人可是在河裡村的。

對吳家人的嘴臉，他知曉一二也看過。一句話，他很不喜歡這門親戚。

「瞧著不像是要借的意思。」

紀佩芙皺了皺眉頭，對吳家人的印象也不是很好。

就算家裡有人要成親，急需要用銀錢，也不至於要二十兩這麼多吧！

這般舉動，擺明了是想要坑吳伊川和紀佩琪，有借無還的那種。

「確實不是借，是要。」紀佩琪跟吳家人的接觸不算少，大小衝突不下幾十次，早已對吳家人瞭如指掌。「自從你們姊夫的爹因為上次的災情去世，他繼母就越發癲狂了。」

臨平城災情嚴重，河裡村也受到了不小影響，傷亡亦是在所難免。吳父就是在那個時候出事的。

一起出事的，還有吳家兩個妹妹。

如今吳家剩下來的，只有繼母和兩個兒子。

此次吳家繼母嚷嚷要成親的，是她的親生兒子，也是吳伊川同父異母的大弟弟。

「要也沒這個臉啊！先不說已經分家了，哪怕沒有分家，這位繼母也未免太過貪心了。

親生的爹娘都不敢開這個口。」紀佩芙是真的不怎麼喜歡吳家人。

得虧吳伊川是個拎得清的，又早早來到了鳳陽城，以後也不打算再回臨平城。想當然，跟吳家人就不會再有多的交集。

但凡吳伊川以後還打算跟吳家頻繁走動，紀佩芙都要好生規勸紀佩琪，千萬別心軟，不是什麼親戚都靠得住的。

「就算是親爹開口，也不可能給這麼多銀錢。」紀彥坤的嗓門很大，擲地有聲。二十兩銀子，他們紀家確實拿得出來，但是不會給吳家這種人。

「你們先別跟著生氣，不至於。放心，我不是傻的，也不會任人拿捏。家裡的銀錢，說什麼都不會掏出去給外人。」紀佩琪信誓旦旦地說道。

早先油坊的活計給了吳伊川，衛繁星是要那五兩銀子的。之後，吳伊川每個月拿了銀錢，都會還一百文銀錢給紀佩芙收著，餘下的交給紀佩琪。

本來已經還了快一半銀錢了，但因為吳伊川轉而找了糧站的活計，油坊的活計再度落回紀佩琪的頭上。

紀佩芙在問過衛繁星之後，就把之前的那二兩多銀錢給回了紀佩琪和吳伊川的手上。

如今，吳伊川在糧站每個月能拿到兩百五十文銀錢，紀佩琪自己也有兩百文銀錢。兩個人都不是亂花銀錢的主，積攢下來也算是小有家底。

按著紀佩琪的想法和打算，是再多攢些銀錢，等以後有機會在鳳陽城買一處小院子，她和吳伊川帶著女兒搬出紀家。

鳳陽城不比乾元城，房價沒有那麼地貴，紀佩琪的要求也不高，預計再過個兩、三年，就能如願了。

吳伊川對此沒有任何異議。雖然紀家人很好相處，但能夠搬出去住，亦是他的一個念想。

總不能一直麻煩紀家吧……

所以，聽聞繼母託人來信要二十兩銀子的時候，吳伊川想也沒想就搖了搖頭。

他跟家裡的關係原本就不怎麼好。

早先吳父還在世的時候，他就很少跟吳家人走動了，何況如今只有繼母和繼弟在的吳家？

再說了，他確實沒有二十兩銀子，這是事實。

至於吳家那邊，吳伊川根本沒有理睬，連回信都沒有。

於是乎吳家繼母等啊等，等了好久，都沒等來吳伊川寄回的銀錢。哪怕是對半砍或者只有三、五兩銀子，都沒有。

「豈有此理，簡直是太過分了！」吳家繼母氣得在家裡連連跺腳罵人。

「娘，大哥真不管咱們了？」吳家大弟也很生氣，更多的是失望。找吳伊川要二十兩銀子這件事，是他開得口。他是想著，再怎麼說也是親兄弟，吳伊川如今過得好了，還在鳳陽城有了活計，怎麼也不該不管不顧他們的死活才對。

當然，他也知道，二十兩銀子有些多，吳伊川肯定一下子拿不出來。所以他沒指望能拿到二十兩那麼多，就想著吳伊川哪怕只是為了敷衍他們，多多少少給幾兩銀子，也夠他娶媳婦了。

可吳伊川竟然連隻言片語的書信都沒有寄回來，更別提銀錢了。

如此一來，吳家大弟不禁慌了。

「娘，我岳母那邊都已經說好了，要是拿不出彩禮錢，這門親事就沒了！」

「我當然知道。」吳家繼母雖然對吳伊川很苛刻，對自己的親生兒子卻是百般疼愛。想當然，這門來之不易的親事肯定得守住，未過門的二媳婦也勢必要娶回來。

「不然，咱們找去鳳陽城問問？」吳家大弟想了又想，忽然說道。

早先他們是沒辦法隨便出門的，而且還是出遠門。

但是自從臨平城出了水災，到處都在重建，連一眾青郎君和青娘子都送走了。連帶他們這些當地百姓也沒有之前那麼多的約束，若想要尋親求助，也是可以的。

只不過出門在外，一路上都要花銀錢，知府衙門肯定是不會管他們的。

他們自己手裡又確實沒有那麼多的餘錢可以揮霍，這才沒敢到處亂跑，一直留在了河裡村。

「你想去鳳陽城？」

吳家繼母靈光一閃，看向吳家大弟的眼神滿是精光。

「我也想去！」

吳家二弟立馬就來了精神。

當初吳伊川一個人離開河裡村的時候，吳家二弟就極其羨慕嫉妒恨了。如今可算輪到他了，他當然不願意錯過這麼大好的機會。

「娘，也就這個時候，咱們才能隨便出遠門。再等一段時日，臨平城到處都管制嚴了，咱們反倒不好離開了。」

既然起了這個念頭，吳家大弟連忙就想把事情定下來，以防夜長夢多，又出現別的變故。

「成，那就一起去！」

吳家繼母何嘗不想自己親身去鳳陽城看看？

尤其吳伊川已經在那邊落腳生根，她就更想去分一杯羹了。

別跟她說什麼吳伊川不是親生兒子，不需要贍養她。她是吳伊川的繼母，這是事實。

她是長輩，吳伊川就得老老實實拿出銀錢來給她養老。

與此同時，吳伊川還得拿出銀錢給她的兩個兒子娶妻生子。他們可是親兄弟，吳伊川身為大哥，怎麼可以不管不顧？

第五十七章

完全不知道吳家母子三人竟然真的找來了鳳陽城，吳伊川和紀佩琪帶著女兒的小日子，過得很是愜意。

早先紀佩瑤還在油坊的時候，不好意思帶著紀璃洛和紀暮白。如今換了紀佩琪，反倒沒那麼多顧忌。

女兒還小，她只需要拿根綁帶把孩子綁在身上就行了，完全不會耽誤幹活。

而且盛油小工的活計確實不累，也沒那麼地忙，紀佩琪一邊帶孩子一邊幹活，相當愜意。

像紀佩琪這種帶著孩子幹活的人，其實很多。她並非特例，也並不打眼。

加之紀家姊妹接連在油坊幹活這麼久，大家互相也知道了彼此的底細，不管是衛繁星還是紀彥坤，在油坊眾人眼裡都是掛了號的。

知道紀家人都很有出息，油坊這邊更是沒人會特意針對紀佩琪，或者找紀佩琪的麻煩。

如此一來，紀佩琪在油坊也算得上是如魚得水了。

等吳家母子三人找過來的時候，紀家一貫的寧靜方才被打破。

這一次，紀佩芙到底沒能忍住，去了書信給乾元城的衛繁星。

繼余薹兒之後，又有人找紀家麻煩了？

再一細看，竟然是吳家人。

說心裡話，若不是吳家人自己冒出來，衛繁星都快要忘了這門從未走動過的親戚了。

不過，到底是吳伊川的親人，究竟要怎麼應對，肯定還是得看吳伊川是什麼態度和想法。

在衛繁星看來，只要紀佩琪母女沒有受委屈，吳伊川愛怎麼辦就怎麼辦，她不會輕易插手。

加之，衛繁星最近確實挺忙的，也沒那麼多的工夫去理睬這些事。

究其原因，無外乎是戶部新一輪的糧食發放又要開始了。

而這一次衛繁星的任務極其繁重，涉及了還沒完全從水災中恢復過來的臨平城，以及更遠一些的邊關。

臨平城這邊會分給衛繁星，自然是因衛繁星在臨平城算是熟人，也親身經歷了臨平城的水災救助，對臨平城更了解。

邊關那邊則是輪流制，今年恰好輪到了衛繁星。

毫不誇張地說，不管是臨平城還是邊關，都是棘手的大難題。

臨平城這邊主要是人員變動太大，有傷有亡，全部都需要重新整理確認，箇中複雜，流程繁瑣。

至於邊關，就純粹是上面分配的糧食沒有那麼多，遠遠不夠。

相較之下，衛繁星更琢磨的也就是邊關了。

臨平城這邊的問題再大，只要糧食充裕，她逐一發放，頂多就是忙一些、累一點，早晚能幹完。

可邊關的糧食竟然被苛扣。對此，衛繁星很有想法，幾乎沒怎麼猶豫就找上了戶部尚書。

「唉，我也知道這是個大難題。可這麼多年下來，都是這般過來的，我也無能為力。」

戶部尚書不是不想多分些糧食給邊關。

可邊關戰事連連，再多的糧食也不夠揮霍的，可不就變成了大難題？

「但是誰缺糧食，邊關的將士們也不能缺啊！」

別的事情，衛繁星姑且可以睜隻眼閉隻眼，但是將士們的糧草，衛繁星真的沒辦法做到視而不見。

那可是在邊關浴血奮戰、保家衛國的英雄，要是糧草不夠，他們怎麼安心打仗？肯定會出現更加慘重的傷亡。

「這……」戶部尚書有些猶豫，也有些遲疑。

他倒不是故意跟邊關的將士們過不去，但有些約定俗成的規矩，哪怕是他，也不好改變。

說到底，他不想得罪人，也不想充當出頭鳥。長久以來，早就習慣了。

「我不管，反正邊關那邊的糧食如今是由我負責分發，尚書大人您就必須給我充足的存糧。否則，我直接拿乾元城的糧食抵。」看出戶部尚書的意思，衛繁星不配合地說道。

「怎麼可以隨便動乾元城的糧食？妳……」

戶部尚書登時就不答應了。

乾元城是皇城，動哪裡的糧食也不能動乾元城的。不單單會輕易引起極大的動亂，也因為他們這些官員自己的家人就在乾元城。

「看吧，一說到乾元城，尚書大人您自己也慌了。那您也不想想，遠在邊關的將士們是怎樣餓肚子的。」

衛繁星有充分理由相信，邊關那邊的糧食被苛扣，並非一時一日。

再看看戶部尚書脹紅了臉卻說不出話來的模樣，她更加篤定，這其中大有問題。

「妳真是……」戶部尚書咬咬牙，忍不住就長嘆一聲，壓低了嗓音跟衛繁星解釋道：

「這些都不是妳我該管的事情。上頭鬧騰著呢，誰也壓不住。」

「真的是誰也壓不住嗎？我就不相信，聖上出面也壓不住。」撇撇嘴，衛繁星輕哼一聲。

「我的祖宗耶！這種事情能讓聖上知曉？肯定是壓下來，咱們自行解決啊！」萬萬沒料到衛繁星還想把事情捅到聖上的面前去，戶部尚書面露驚恐，當場失態。「妳是嫌咱們戶部的日子過得太清閒了？還是生怕咱們戶部行事得罪的人不夠多？」

「只要是公平公正行事，咱們無愧於心。即使得罪了人，也無所畏懼。」

來到乾元城這麼久，衛繁星聽過不少當今聖上的傳聞。

若當今聖上是個昏庸的，她肯定不會多說什麼，能躲多遠就躲多遠。可事實上，他們這位聖上極其英明，只看她一介女子竟然能入職戶部，就足以窺見一二。

哪怕她在戶部只是不起眼的小官一個，一眼看過去也沒什麼晉升的空間和餘地，衛繁星依然很感恩這份難能可貴的機遇。

連帶地，衛繁星對當今聖上的觀感也極其地好。

「那如果我告訴妳，壓下邊關糧食的人，正是當今聖上的親舅舅，咱們乾元朝的國舅大人，妳也覺得無所畏懼？」

其實這並不是什麼驚天動地的大秘密，只要在官場混久了，誰都能看出國舅跟邊關那邊的不對盤。

所以，戶部尚書也沒特意瞞著衛繁星，直接就告知了。

衛繁星的眼神明顯動了一下，隨即確定道：「所以說是私仇？」

真要是私人恩怨，那就更過分了！

「就是私仇，外人才不敢隨便攪和其中。」

說心裡話，戶部尚書曾經、一度，也不是不心虛的。可再心虛，也敵不過國舅的權威。誰都知道，當今聖上很重視親情，跟國舅也特別親近。他們這些人誰敢觸國舅的霉頭？除非是瘋了……

衛繁星沒有瘋。

正因為沒有瘋，她反而更堅定，不能在邊關糧食上動手腳這一信念。

靜默片刻，就在戶部尚書以為自己已經成功說服了衛繁星這員大將，剛想鬆一口氣之際，衛繁星神色嚴肅地搖了搖頭。

「我還是沒辦法假裝視而不見。」

聽著衛繁星這句話，戶部尚書說不出心裡到底是該生氣，還是失望。但他確確實實，也是存著那麼一絲絲僥倖的。

「那妳到底想要怎麼辦？事先聲明，乾元城的糧食不能動。」

「我可以不動乾元城的糧食。」衛繁星點點頭，迎上戶部尚書懷疑的眼神，忽然就笑了笑。「我要直接上奏聖上，言明實情。」

「糊塗！」戶部尚書想也沒想，就拒絕了衛繁星這一打算。「妳是想要公然跟國舅為敵？生怕妳這個戶部小官員當得太輕鬆了是不是？」

戶部尚書是愛才的，也所以哪怕衛繁星只是一個女子，他也從未輕視，更沒有故意冷落。

恰恰相反，因為衛繁星確實有真才實學，戶部尚書明裡暗裡給了她不少便利，任衛繁星在戶部徹底站穩了腳跟，從不刁難。

私心裡，戶部尚書是想要親眼看看，衛繁星最終到底能走到哪一步。

當然，即便她一輩子只能在戶部出任一個小小官員，戶部尚書也不會覺得是衛繁星能耐不夠。

只能說身為女子，在朝野之上，難免會受到不公待遇。這是朝代的限制，也是不爭的事實。

不過話說回來，真要哪一日，衛繁星一躍坐在了戶部尚書的官職之上，戶部尚書肯定也會極其彆扭就是了。

「就因為我只是一個小小的官員，才無所謂得不得罪國舅大人。我初來乍到，沒有任何靠山和背景，也談不上結黨營私和權力爭鬥，哪怕國舅大人不喜，頂多也是斥責我多管閒事，怪不到他人的頭上，亦不會牽連戶部其他同僚。」

衛繁星一人做事一人當，從未想過要牽扯其他人。

真要出了事，她也願意一力承擔來自國舅大人的怒火，絕不推諉逃避。

第五十八章

「妳真以為國舅大人是個大度的？」

沒好氣地白了衛繁星一眼，戶部尚書忍不住就發愁了。

他怎麼就遇到這麼一個固執的下屬呢？但凡換成他們戶部其他官員，不消他仔細解釋這麼多，隨便一個小小的暗示，對方就已經懂了。

衛繁星抿抿嘴。「所以，國舅大人還是會遷怒到尚書大人您的頭上？」

「也罷，就按著妳想的去做吧！」

戶部尚書固然不想惹事，但真到了事前，他也不是膽小到不敢擔事的。

「可國舅大人那邊……」

戶部尚書忽然改口，衛繁星不免就有些不確定了。

邊關的口糧發放，她是肯定不會隨便處理的。但若要因此給戶部尚書惹來麻煩，衛繁星自然要考慮是否還有更好的解決法子。

「他那邊妳不用管，我自行解決。」

到底是在朝堂上混了近二十載的老油條，戶部尚書又哪是真的一丁點能耐都沒有。

但凡他是個軟弱可欺的，也不可能在戶部待這麼久，位置坐得如此穩。
衛繁星還想說些什麼，卻被戶部尚書攔了下來。
頓了頓，衛繁星到底沒再多言。
只待日後國舅大人來找戶部麻煩的時候，她定會一力承擔。
如此這般，等邊關那邊收到這一年的糧食發放，愕然地發現——竟然是對的？
「該不是弄錯了吧？」習慣了戶部動輒苛扣糧食，腦子一根筋如威武將軍本人，也露出了驚愕的神色。
「應該不至於。」紀昊渲搖搖頭，回道。什麼事情都可能出錯，但是糧食發放肯定不會是無意間弄錯的。尤其還是跟之前那麼大的差距。
「我記得你小子的夫人如今在戶部任職？你去一封家書問問。」
太不對勁了，乃至威武將軍疑惑重重。
「好。」紀昊渲點點頭，隨即又指了指送到他們軍營的糧食。「那這些，咱們是吃還是不吃？」
「肯定吃！送到咱們面前來了，就別想再收回去！」

威武將軍確實心生疑惑，卻不可能將糧食送回去。

紀旻渲了然地點頭，吩咐手下的將士們先把糧食都整齊收好，再準備回營帳寫信給衛繁星。

只不過，不等紀旻渲的家書寄出去，衛繁星的書信先一步到來。

隨即，紀旻渲就知曉了，此次邊關的糧食是由衛繁星負責發放。

此外，衛繁星還在信中隱晦提及，邊關將士們太過辛苦，但也不要一門心思只忙著打仗，偶爾也要分出心思關注朝堂上的動向……

如若是曾經的紀旻渲，看到這裡肯定不會多想。但如今的紀旻渲，無奈地搖搖頭，開始提筆回信。

等衛繁星收到紀旻渲的來信時，各地的糧食盡數發放完畢。

暫時，她還沒等來國舅大人的怒火。

打開紀旻渲的家書，不出意外地看到了感激的話語。

對此，衛繁星欣然接受。

她可不是做了好事不留名的性子，該跟她道謝的時候，肯定得好生道謝。

再接著往下看，紀旻渲竟然在書信中提及到了他們跟國舅大人的恩怨——哦，不對，應該說是威武將軍跟國舅大人的私人恩怨。

具體可以追溯到兩人還年輕的時候，同在乾元城、同是官宦人家出身，偏偏威武將軍的風頭大大地蓋過了國舅大人這個紈袴子弟。

再就是威武將軍的夫人，恰好是國舅大人心儀的女子……反正就是愛恨情仇，這兩人都占全了。

在國舅大人的眼裡和心中，威武將軍有奪妻之恨，也有壓他之怨。長年累月地堆積下來，早已根深蒂固，根本清除不了。

通篇看下來，衛繁星只覺得國舅大人著實有些小肚雞腸，而且特別愛小題大做。

不管國舅大人跟威武將軍私下有多大的仇怨，邊關的將士們犯了什麼錯？國舅大人想要為難威武將軍，直接找威武將軍本人發難就是，牽扯到這麼多的無辜人士算什麼事？

偏偏戶部之前一直害怕得罪國舅大人，幫著國舅大人一起苛扣邊關的糧食，這就越發說不過去了。

撇撇嘴，衛繁星也沒客氣，直接就找上了戶部尚書，一問究竟。

「妳還真是打破砂鍋問到底啊！」

戶部尚書本來沒想跟衛繁星說這麼多的，但是衛繁星顯然已經了解舊情，他便也不遮掩了。

「妳知道的都沒錯，這兩人的恩怨歸根究柢，其實很小，在外人看來更像是笑話。但是怎麼辦？國舅大人認真了，也入了心，根本就不給威武將軍留下任何的餘地。這件事，其實滿朝官員都心下有數，但都沒有直接言明罷了。」

戶部尚書長嘆一聲，也不是不知道自己做得不對，卻還是選擇了趨炎附勢。

「國舅大人真有這麼大的權勢？」

衛繁星抵達乾元城之後，更多的時間是在戶部幹實事，對朝堂上的派系紛爭全然不了解，也未曾去打探和關注。

「這個事怎麼說呢……國舅大人本人就如同傳聞中的那樣，沒什麼真本事。但誰讓他會討聖上歡心呢？加之皇后娘娘很偏疼這個親弟弟，連太子殿下都跟這個親舅舅走得極為親近。」戶部尚書說著說著就壓低了聲音，給了衛繁星一個不言而喻的眼神。「再然後嘛，大家就都懂的。」

衛繁星很想說，她並不懂，但是很可惜，她確實懂了。

說到底，就是乾元朝最大的三座大山齊齊站在國舅大人那一邊，成為了國舅大人堅不可摧的靠山，也足以震懾住朝堂上下所有的人。

也無怪乎威武將軍沒能爭取到邊關將士們應有的糧食，怕是找誰都沒用，盡數被推脫了。

「那這次我已經發放完畢邊關的糧食，怎麼沒見國舅大人有動靜？」衛繁星好奇道。

「應該是還沒被發現吧！畢竟大家都習以為常地苛扣邊關糧食，國舅大人肯定也是心下有數的。」戶部尚書說到這裡，臉上也有些發愁。「妳啊，真是會給咱們戶部找事。」

衛繁星覺得戶部尚書挺好玩的，一個勁兒地說著國舅大人如何不好得罪，但又沒有執意反對她將邊關的糧食充足發放。怎麼看，都像是戶部尚書在順勢為之？

不過這一點，她知、戶部尚書知就行了，沒必要嚷嚷得全天下皆知。

「大人放心，若是國舅大人發難，您只管把我推出去。我一介小小官員，又是初來乍到，第一次發放糧食，分配錯了也是情有可原的！」衛繁星不客氣地朝著戶部尚書擠眉弄眼道。

「放心，真要算帳，少不了妳的莽撞。」好笑地看著衛繁星的一番作態，戶部尚書擺擺手。「至於其他的，我都安排好了，用不著妳。」

一聽就知道戶部尚書這是還有後招。對此，衛繁星並不意外。

朝堂上就沒有真正的傻子和蠢人，只看大家願不願意做，又想要怎麼做。

就目前而言，衛繁星在戶部待得挺順心，也挺慶幸碰到了戶部尚書這樣一個可以共進退的上司。

某種程度上，也是她的幸運。

從紀昊渲那裡知曉，此次邊關糧食的分派官員竟然是衛繁星，威武將軍哈哈大笑，大力拍了拍紀昊渲的肩膀。

「你這個副將，實在提拔得太對了。」

一旁的軍師也忍不住笑出聲來。「早先還說紀副將一腔忠肝義膽，全憑自己的真本事才能屢次立下顯赫戰功，成為將軍的左臂右膀。如今看來，哪怕紀副將以後不再參戰，也能成為咱們軍營的吉祥物了。」

紀昊渲本來只是如實回稟事情真相，哪想到會換來威武將軍和軍師大人的聯手調侃。不過，紀昊渲臉皮厚，完全不計較，只認真點點頭。「若是我夫人能再晉升得快些，想來以後咱們軍營的糧草都不必擔心了。」

「你還真打算以後都靠你夫人了？」威武將軍不過是玩笑話罷了，笑話完便打住了。「還是別了。國舅是個小肚雞腸的，咱們離乾元城又太遠，萬一你夫人被國舅找麻煩，咱們鞭長莫及，根本施不了援手。」

「將軍說得在理。紀副將切記要提醒貴夫人，千萬小心行事，別再得罪國舅大人。萬一被抓住把柄，怕是國舅大人會借題發揮，為難貴夫人。」軍師也是神色鄭重，仔細叮囑。

至於這次發放糧食之事，軍師倒是不太擔心。畢竟衛繁星的行事有朝廷律法可依，可是職責之內的本分，哪怕國舅大人心生不喜，也不便在這個關頭發難。

只不過，衛繁星得罪了國舅大人這一點，是毋庸置疑的。

「我已經在書信中再三叮囑過了。」

紀昊渲哪裡不知道，這件事情的複雜性和嚴重性？

他在家書中再三強調，衛繁星才剛入職戶部，根基尚且不穩，朝中又無靠山，千萬不要跟國舅大人硬碰硬。

若受到欺負，切勿衝動，暫時先忍著。待到他日後隨著威武將軍班師還朝，定然會找機會為衛繁星出頭……

第五十九章

衛繁星是真沒想到，紀旻渲竟然還打算來乾元城找機會為她出頭。

雖說這件事暫時還沒執行，但是不可否認，紀旻渲這個態度，在衛繁星這裡刷足了好感。

也罷，真要有機會在乾元城跟紀旻渲見面，她肯定也不會傻傻地站在一旁什麼也不幹就是了。

想到這裡，衛繁星抿抿嘴，開始思考著如何做些保身之法，以防真被國舅大人找碴的時候束手無策，那才是真的糟糕。

國舅確實不知道戶部這次給邊關分派糧食出了不對勁。他不可能時時刻刻盯著戶部的一舉一動，加之戶部向來都很識相的，從不敢跟自己作對。

想當然的，國舅就以為這次跟往年沒有任何區別，完全沒把分糧食的事情放在心上，甚至還暗地裡嘲笑威武將軍的愚蠢。

等著看好了，早晚讓威武將軍乖乖來跟他認錯道歉！屆時，他可得好生羞辱羞辱威武將軍才解氣！

其實國舅大人會不知道此次的事情，並非偶然。

邊關離得那麼遠，糧食領取又只有威武將軍和可親近的屬下才得知，根本不可能漏出消息給國舅大人。

戶部這邊就更別提了。

戶部尚書自己放的權，鐵定不會外傳。戶部其他官員有人知曉此事，有人不知曉此事，但都極為默契地選擇了沈默。

先不說頂頭上司的戶部尚書，單就說他們跟衛繁星的交情，也不至於讓他們暗中做些見不得人的小動作。

再說了，邊關那些將士們可都是保家衛國的。他們自己沒有膽量跟國舅為敵，難道還要攔著衛繁星做好事？

恰恰相反，因為衛繁星此次的堅持，她在戶部一眾同僚心目中的地位越發高了。真要出什麼事，大家肯定也是願意出手幫忙的。

並不知道這些明裡暗裡的湧動，衛繁星再度在乾元城迎來了紀彥宇。

跟紀彥宇一起到來的，還有紀家在鳳陽城的最新動向。

紀佩瑤和賀鳴洲一如既往地感情穩定，來年就要舉辦婚事了。

紀佩芙如今在知府衙門是正式工，跟後廚眾人關係打得火熱，日子過得十分自在。

紀彥坤已經從武館畢業了，以後一門心思地在知府衙門當捕快就行了。

而紀佩琪和吳伊川一家三口，則是在遭遇吳家人的一番鬧騰後，成功將吳家人趕走了。

說來吳伊川此次的表現著實可圈可點。面對吳家人跑到糧站大門外耍潑大鬧的難堪局面，他直接一句「他是紀家的上門女婿」，就把吳家母子堵得啞口無言。

吳家母子還想再鬧騰，一個勁兒地哭喊吳伊川不孝長輩、不禮讓弟弟，不配在糧站幹活……

可糧站一眾領導盡數都是跟衛繁星交好的，哪裡會故意偏幫吳家人？

何況吳伊川說得很清楚，他是鄉下人，之所以能來鳳陽城，就是走了紀家的關係、沾了紀家的光。他這個上門女婿，如今還欠著紀家的銀錢沒還，實在無能為力再貼補吳家母子三人，也拿不出二十兩銀子給兩個弟弟娶媳婦。

吳伊川的出身和來歷，大家都心知肚明。之前在油坊的活計，更是糧站總帳房幫忙搭的線，也是紀佩瑤讓出來的。

就說如今吳伊川能進糧站，可不也是衛繁星的功勞？

這從頭到尾都沒有吳家人什麼事。換而言之，紀家對吳伊川有大恩。

那麼想當然，吳伊川說欠下紀家的銀錢沒還，也不是什麼不能理解的。畢竟紀家有兒有女，沒道理所有的銀錢都貼補在吳伊川這麼一個女婿身上；哪怕吳伊川是上門女婿，也說不通。

而吳伊川直接嚷嚷出的「二十兩銀子」，也把圍觀眾人給震住了。

什麼樣子的家底能一下子拿出二十兩銀子娶媳婦啊？不知道的人，還以為吳家是什麼大戶人家，娶的是哪位金枝玉葉呢！

事情到此，哪怕是傻子都能看出來，吳家人這是故意找上門來打秋風，還故意把事情做絕了，想要斷吳伊川的後路。

此心可誅，實在太惡毒了！

所以沒有一個人同情吳家人的哭喊，也沒有一個人覺得吳伊川必須拿出二十兩銀子，給兩個弟弟娶媳婦。更不必說，吳伊川根本就拿不出來。

至於說讓吳伊川找紀家人借，就更是笑話了。

紀家人不要娶媳婦的？紀家還有一個讀書人要科考，下面還有兩個姪子、姪女要養活呢！

反正就是一番鬧騰後，吳家人什麼也沒得到，氣急敗壞偏偏又無可奈何地落荒而逃了。

沒辦法，他們來了鳳陽城以後，連住的地方都沒有，吳伊川又根本不管他們的死活。他們倒是還想要上門糾纏，卻被賀鳴洲和紀彥坤身上的捕快衣裳嚇得不敢多事鬧騰。

尤其吳家人來到鳳陽城後才知道，紀家大哥在邊關當官了，紀家大嫂去乾元城戶部任職了！

總而言之，紀家是他們根本不敢攀附，也得罪不起的存在。

萬一惹惱了紀家，把他們母子三人都抓起來關進大牢，他們可怎麼辦？

越想越害怕，吳家人最終是連夜離開了鳳陽城，此後再也沒有出現過。

聽完紀彥宇的講訴，衛繁星讚許地點了點頭。

吳伊川這次的態度和表現還是不錯，沒有拖泥帶水，也沒有給紀家留下任何隱患。

真要是吳伊川處理得不好，給紀佩琪乃至紀家惹來幾個攪屎精，衛繁星肯定不會答應，也不會手下留情。

如今這樣倒是挺好，大家都省了心，也都省了事。

與此同時，衛繁星更確定，哪怕她人不在鳳陽城，紀家人也能自行過得很好。

想當然，她這邊就能放手了。

紀彥宇此次來到乾元城，短期內就不會回鳳陽城了。考中秀才之後，他沒打算繼續留在鳳陽城讀書，而是準備來乾元城求學。

如今的紀家，紀彥宇想要去哪兒讀書都不是太大的負擔，加之衛繁星人在乾元城，紀彥宇自然也能順理成章地留在乾元城。

新的書院比起鳳陽城的學堂，當然是完全不能相提並論。紀彥宇能明顯感覺到，乾元城的夫子更博學也更有學問，足以讓自己受益匪淺，學問精進。

在這樣的環境下，紀彥宇學得就更刻苦，也更認真了。

待到三年後鄉試到來，紀彥宇不必再回鳳陽城，直接在乾元城科考。沒有任何意外，紀彥宇順順當當地考中了舉人，有了當官的資格。

此時，紀佩瑤和賀鳴洲已經成親，生下了一個很可愛的兒子。

紀佩芙也遇到了真命天子，正在跟鳳陽城知府大人的親姪子議親。

紀佩琪一家三口依舊住在紀家。本來紀佩琪是起心攢錢搬家的，沒奈何房價確實很貴，她至今都還沒攢到那麼多。

加之紀佩瑤出嫁後直接搬走，家裡只剩下紀佩芙和紀彥坤兩個小的，她這個三姊得看著點。

最終，紀佩琪就厚著臉皮地繼續住在娘家了。

紀佩芙和紀彥坤倒是沒覺得紀佩琪一家三口住在家裡有什麼不對的。早先紀佩瑤出嫁的時候，他們還想留紀佩瑤繼續住在家裡呢！

不過賀鳴洲身上有銀錢，賀家更是給足了彩禮，直接在鳳陽城給賀鳴洲和紀佩瑤置辦了一處大院子，紀佩瑤自然也就沒有理由繼續住在娘家了。

好在紀佩瑤新搬進去的大院子距離紀家不遠，往後走動也甚是容易，勉強安了大家的心。
紀家這邊一切安好，衛繁星則正遭遇難事。
在第一年給邊關發放了足夠的糧食後，熟悉了操作的衛繁星，之後三年都是如此做的。
而這樣的小動作，到底還是被國舅大人發現了。
國舅大人本來只是單純好奇，邊關近兩年戰事連連，他卻始終沒有等來威武將軍的低頭。
想著糧草不夠，威武將軍只怕煩心不已，哪怕只是為了手下一眾將士們的性命，威武將軍也只能向他這個老對家求饒。
哪想到他在乾元城等啊等，威武將軍那邊卻音信全無，絲毫沒有任何要低頭求饒的跡象。
這怎麼可能？上次邊關糧草緊急，威武將軍還特意修書一封，找他討糧食。他也是為人大度，姑且放了威武將軍一馬。
但也就那麼一回！之後他再沒給戶部授意過，邊關那邊此次合該更危急才是啊……
因為察覺出了不對勁，國舅大人自然要來戶部過問一番。
然後，他就發現了衛繁星這麼一個意外。
區區戶部一個小小的官員，也敢陽奉陰違地跟自己作對？

沒有任何顧忌，國舅大人直接親自找上戶部，當場叫來衛繁星問責。

而衛繁星面對國舅大人的責難，一臉的無辜。

「邊關那邊不能發放糧食嗎？」

「沒說不能發放，只不過，該懂的規矩妳要懂。」國舅大人說到這裡，就危險地瞇了瞇眼。

「怎麼，戶部尚書沒有提點妳的？」

衛繁星的臉色就更加疑惑了。

「尚書大人吩咐了，糧食發放是國之大事，萬萬不可馬虎，更不能疏忽大意。」

第六十章

衛繁星這話絕對是沒有錯的，放在任何時候，說給任何人聽，都挑不出任何的毛病。

但是，國舅大人不喜歡聽，也不樂意聽。

他本來還想著，這就是戶部新來的官員不明情況，鬧出了差池，只消他稍稍點撥，衛繁星自然理當知曉接下來該怎麼做。

現在看來，這個衛繁星竟然還是個棘手的？

說心裡話，國舅大人這輩子最討厭跟古板的死心眼接觸。好像聽不懂人話似的，不管他怎麼明示暗示，這些迂腐之人只知道固執己見，完全就是敲不動的榆木疙瘩。

此時此刻，國舅大人在眼前的衛繁星身上，看到了自己最不喜歡的影子。

但要讓國舅大人明說，他就是不准戶部給邊關發放充足的糧食，又是不可能的。

他雖然跟當今聖上極其親近，但也深知事情的輕重利害。若讓當今聖上知道，他膽敢在邊關將士們的糧草上動手腳，勢必落不到好。

這也是為何他當初輕易放手，給了威武將軍喘息機會的真正原因所在。

平日裡，但凡邊關的糧草不是那麼緊急，他就稍微使了小絆子，倒也無關緊要。反正餓不死人，也不會礙著邊關打仗。威武將軍不是自詡神勇又厲害？那就讓威武將軍好好磨礪磨礪，知曉何為苦和難。

不過真要到了戰事緊急的時候，國舅大人是不敢把事情做得太絕的。只要威武將軍一封書信過來，國舅大人肯定會酌情處理，順勢而為。

偏偏這一次，因為衛繁星早就給邊關發放了充足的糧食，國舅大人想要看威武將軍丟臉的打算注定要落空，直讓國舅大人氣不打一處來。

「下次再給邊關發放糧食之前，先報備一聲。」最終，國舅大人就陰惻惻地下了命令。

若是其他官員聽到這般命令，肯定一口應下。但衛繁星完全沒打算站在國舅大人這一邊。

故而，衛繁星只是神色詫異地抬起頭，滿臉的疑惑。「可糧食發放，不歸國舅大人管啊！」

當然不歸他管！要是歸他管，還有衛繁星什麼事？

所以說，女人就是不夠聰明，沒有大局觀，不懂得官場上的應酬和站隊……

心下不斷地數落著衛繁星的愚蠢，國舅大人的面色並不是很好看。「妳是不想報備？」

「要報備的。」衛繁星認真地點點頭，接著又說道：「要向戶部尚書報備，也要向聖上報備。」

才剛聽到衛繁星說要報備而滿意地點頭的國舅大人，被衛繁星的後一句話噎得差點翻白眼罵人。

他的意思是要衛繁星向聖上報備嗎？若是向聖上報備了，還有他什麼事？

有那麼一瞬間，國舅大人都快要懷疑衛繁星是不是故意在戲耍自己。

但是仔細看衛繁星的臉色和反應，又不像是膽敢故意跟他作對的。

冷哼一聲，國舅大人打算回去後就立馬派人好生查查衛繁星的底細，確定她到底是個什麼樣的人再出手。

至於眼下，就任憑衛繁星輕易糊弄過去好了。

送走國舅大人，衛繁星撇撇嘴，心下莫名就鬆了口氣。

也還好，國舅大人沒有她想得那麼不好惹。就目前為止，她還是搞得定的。

「國舅大人沒把妳怎麼樣吧？」

就在這個時候，戶部尚書連帶一眾同僚圍了過來。

剛剛國舅大人來問罪的時候，他們不是不想幫忙，實在是被國舅大人帶來的人給攔在了外面。

本來還在膽顫心驚地想著如何搭救衛繁星，沒承想國舅大人這麼快就走人了。忙不迭地，他們都衝了進來。

「沒有。我感覺國舅大人也不是完全不講理的。」衛繁星說的是實話，語氣自然極其認真。

戶部尚書他們眨眨眼，再眨眨眼，想要說些什麼，又打住了。

畢竟衛繁星說得確實也在理。今日的國舅大人似乎很好說話，也沒真的將衛繁星怎麼樣。

難不成，是因衛繁星乃女子？

「不管怎麼說，衛大人接下來凡事都要小心，切記不要一個人單獨走動。」最終，戶部尚書給出忠告。

「對。這樣吧，衛大人妳以後每日早晚都跟咱們結伴同行好了。」戶部一眾同僚對衛繁星也很和善，當即說道。

「謝過尚書大人和各位同僚的關心和厚愛，不過，還是別了。真要發生什麼意外，若是牽連到諸位，反而不妥。」衛繁星想也沒想就拒絕了大家的好意。

要是國舅大人之後不私下裡找她的麻煩，當然是皆大歡喜。可萬一找了，她躲不開，這些同僚也只會跟著遭遇無妄之災，實在沒這個必要。

「衛大人此言差矣。我輩皆是朝廷命官，固然不敢獨自螳臂當車，卻也斷斷沒有臨陣脫逃之理。否則，愧對本心，羞於見人。」就有一位同僚義正詞嚴地站了出來。

他們早先也不是沒有想過要做些什麼的，可一想到國舅大人的蠻橫霸道，便又都退縮了。

這事大家心知肚明，卻從未言語，只因太過難堪，也過於羞愧。

今時今日，衛繁星一介女子都能不畏強權地站出來，戶部一眾官員委實覺得自己之前的退縮太過膽小，也太過不該。

故而就想要竭盡所能地幫衛繁星一把。哪怕只是少少彌補，也能慰藉自己良心上的不安。

衛繁星到底還是沒能拗過這些同僚的善意，最終笑著道了謝。

不過事實上，國舅大人之後很久沒再有動靜，戶部一眾官員便也只能先行警惕戒備著，再無其他發揮的空間和餘地。

國舅大人並非不想動衛繁星，而是他意外地發現，衛繁星的小姑子居然是刑部尚書家的兒媳婦！

就賀老頭那個剛正不阿的老古板，國舅大人不敢輕易招惹，生怕被賀老頭抓住把柄，丟進刑部大牢。屆時，萬一被賀老頭刑訊逼供呢？

國舅大人很有自知之明，完全不敢嘗試刑部的總總逼供手段。

他肯定挨不過第一關的，光是想想就肉疼！

衛繁星倒是不知道，國舅大人因忌憚賀父，不敢再輕舉妄動。而她自己，就這樣莫名其妙地躲過了一劫。

久等不來國舅大人的報復，衛繁星便準備再一次給邊關發糧了。

越是戰況連連，就越是需得糧草充足，否則將士們怎麼安心打仗？餓著肚子只怕連覺都睡不踏實。

如此這般，威武將軍有些意外，又不是那麼意外地發現，他們這次的仗越打越順手，居然比早年更加輕易地就取得了大捷，而且還是將敵人追得落荒而逃，不敢再進犯的大捷。

再然後，威武將軍就要帶著一眾將士們還朝受封賞了。

等國舅大人氣哼哼地察覺到為時已晚，威武將軍一行人已經在聖上面前露了相，也得到了不小的賞賜。

威武將軍直接晉升大將軍，紀旲渲被封為飛騎將軍，其他將士們也都沒有落下，喜事連連。

而且因為敵人主動送來了投降書，表示願意歸順乾元朝，威武大將軍他們都不必再趕往邊關鎮守，被留在了乾元城休養生息。

至此，國舅大人想再做些小動作，就很難了。

他總不能在乾元城找威武大將軍的碴吧！就在聖上的眼皮子底下，很容易出現差池的。

更不必說，就算他想找也找不到啊……

衛繁星倒是沒有想到，她這邊提防再三，沒有等來國舅大人的手段，卻迎回了紀昊渲。

這是衛繁星第一次見到紀昊渲。畢竟在此之前，紀昊渲這個人只存在於原主的記憶中。

偏偏就算是記憶，也不是那麼地深。

原主彼時正沈浸在各種傷心無助的複雜情緒中，完全沒有心思關注紀昊渲這個夫君究竟是什麼樣的人。

對此，雖然不是很厚道，衛繁星卻也還是只能送原主四個字：自作自受。

彼時的原主真的是再無其他選擇嗎？

不是，她只不過是更願意服從娘家人的安排罷了。

然而，即便是自己的選擇，原主還是對紀家生出了不滿，這就不應該了。

想當初紀家日子難過，原主不是自一開始就知曉？

在原主的記憶中，在答應出嫁之前，原主有打探過紀家的。

可原主還是老老實實地嫁了，也老老實實地將自己的工作讓給了娘家小弟。

這般前因之下，原主對紀家的諸多不滿實在站不住腳，也讓人感覺頗為可笑。

原主真要這麼硬氣，好端端地幹了四年的工作，怎麼就那麼簡單地被娘家小弟給搶走了？以而今乾元朝的律法，原主完全可以去朝堂告狀，揭發娘家惡行，便能堂堂正正地保住自己的工作，不是嗎？

退一步講，原主顧念娘家親情，捨不得告娘家人，轉而認命嫁來紀家。那是不是也該給自己多爭取些嫁妝？

原主之前在娘家那麼多年，也不是只白吃白喝不做事的，最終卻淪落到錢袋空空如也的窘迫境地，歸根到底也不能全怪旁人，不是嗎？

總而言之，衛繁星本人對紀昊渲沒有任何負面情緒。反之，她覺得紀昊渲這個人挺有擔當的。

最起碼，她這幾年收到了紀昊渲寄回來的一多半俸祿是事實。

第六十一章

紀昊渲他們這次立的是大功，不單單被封賞官職，還賜下了住宅。

雖然沒辦法跟威武大將軍比，紀昊渲這位戰功顯赫的新將軍，同時也在乾元城得了一處三進的大宅院，極為排場，也甚是雅致。

衛繁星看過之後就挺滿意的。或者說，是大大驚喜。

紀彥宇帶著紀璃洛和紀暮白跟在衛繁星身後，一起參觀了自家新宅院。哪怕是嘴上不說，他的眼底也一再流露出驚喜的目光。

像紀璃洛和紀暮白就更別說了，直接「哇」出聲，歡呼不已地在大宅院裡來回跑，玩得很興起。

沒有人攔著兩個孩子的嬉耍打鬧，紀昊渲直接看向了衛繁星。

「娘子打算何時搬過來一起住？為夫這就去把娘子的東西都搬過來。」

紀昊渲也去看過衛繁星他們現下住的地方。挺好的，但比不上他新得的這處大宅院。

在力所能及下，紀昊渲自然是希望衛繁星能夠住得更好一些，也更舒服一些。

衛繁星從來都不是矯情的人。有了更舒適的環境，她當然不會拒絕。

更別提紀旲渲這個絕佳的免費勞動力就在眼前，什麼事都不需要衛繁星操心，她直接樂個輕鬆，只是點頭，就什麼也不管了。

目前為止，紀旲渲沒有什麼地方讓她討厭的。若紀旲渲本人也有意願，衛繁星不介意繼續跟紀旲渲多接觸，加深一些了解。

雖然，衛繁星自認為，她對紀旲渲的了解已經足夠了。

但凡事都怕意外，不是嗎？再多一些了解也不是壞事，姑且等著好了。

紀旲渲便立馬著手開始幫衛繁星搬家了。

有了紀旲渲在乾元城，衛繁星的日子就更舒心了。

之前還需要過問一下紀彥宇他們的近況，如今衛繁星直接甩手不幹，丟給了紀旲渲負責。

紀旲渲對家中的弟弟妹妹、姪子姪女一直心存愧疚，如今好不容易有了機會相處在一起，他當然是格外地盡心盡力，沒有一丁點的怨言。

如此就導致遠在鳳陽城的紀佩芙和紀彥坤很有些羨慕了。

早知道，他們也想法子搬到乾元城去了。如今可好，他們都在鳳陽城有活計，想走都走不了。

紀旲渲是不建議紀佩芙他們都搬來乾元城的。

不是不願意一家人團圓，而是乾元城沒有那麼多的好機會留給他們。反而是在鳳陽城，他們過得很輕鬆，也很自在。

只要一家人每個都好好的，比其他什麼更重要。

當然了，如果以後真的有機會能在乾元城給他們再找到合適的活計，紀昊渲肯定是當仁不讓，一定會從中幫忙周旋的。

只不過這些機會都極其難得，而且甚是少有，一時間根本急不來，只能從長計議。

紀佩芙他們當然也都知曉，自家人盡數搬去乾元城並不實際。加之他們在鳳陽城的活計也不是不好，自己也幹得很高興，真要離開，怕是還會捨不得。

沒辦法，一家人團圓的日子，就只能再往後拖一拖了。

如此這般，雖然是分隔兩地，但紀家人不管是在乾元城，還是在鳳陽城，都各自安好，倒也和樂。

這樣安靜祥和的日子，一直持續到了某一日，紀彥宇臉色難看地從書院回來。

「小六，怎麼了？在書院遇到煩心事了？」

衛繁星已經好一段時間沒有過問紀彥宇他們的日常，乃至一時間沒能精準掌握孩子們的近況。

紀彥宇抿抿嘴。本來不想說的，可被衛繁星這麼一問，他又忍不住了。

「大嫂，我今日在書院碰到一個人。是二哥的同窗故交。」

衛繁星本以為是紀彥宇在書院被人欺負了，乍一聽到紀彥宇後一句話，臉色猛地嚴肅起來。「然後呢？」

「那人一開始不知道我，後面聽學院的夫子提到我跟他都來自鳳陽城，他的臉色忽然變了，甚至還失聲喊出了二哥的名字。」

紀昊辰出事的時候，紀彥宇年紀小，雖然已經在學堂讀書識字，卻不認識紀昊辰的一眾同窗。

尤其那個時候，紀昊辰他們已經開始考舉人了，跟紀彥宇這樣的小豆丁實在沒有任何交集，乃至紀彥宇根本無從知曉紀昊辰彼時來往的好友有誰。

但是，是不是好友，如今的紀彥宇還是能夠區分出一二的。

今日那人的表現，完全不像是紀昊辰的好友，更像是……害怕和驚懼之下的反應。

也是因此，引起了紀彥宇的關注。

衛繁星皺起了眉頭。

之前她聽紀彥坤提起過，找賀鳴洲幫忙在乾元城打探過紀昊辰出事的前因後果。

因為賀鳴洲傳回的消息是沒有異常，衛繁星來到乾元城之後，也沒刻意去細查究竟。

畢竟那些往事過於沈重，對紀家而言打擊甚大，沒必要刻意揭開傷疤，引得大家再度難過傷心。

可紀彥宇今日的發現，怎麼看都隱隱透著一股不對勁的味道。

衛繁星對自家人是絕對信任，紀彥宇的性子也從來不會無中生有。恰恰相反，紀彥宇的直覺十分之敏銳。

既然紀彥宇在跟那人的接觸中確實發現了不同尋常之處，衛繁星沒有任何遲疑，就找了紀昊渲去刨根究柢。

比起紀彥宇，紀昊渲對紀昊辰的那些同窗倒是知曉多一些。

像紀彥宇今日提及的這位同窗，恰好就是紀昊渲認識的。

「楊一帆跟昊辰也算得上是從小一塊兒長大，當初他們是一路一起考中童生和秀才的。論起關係和交情，很是不錯。」仔細翻找了一下回憶，紀昊渲說道。

「那二弟出事以後呢？那人表現如何？」衛繁星繼續問道。

紀昊渲搖搖頭。「我當時來回匆忙，沒有顧得上這些人情。所以我並不知道二弟出事以後，這些同窗好友到底是否有來過家裡。」

「沒有。」紀昊渲不知道，紀彥宇卻是知曉。「當時確實有不少二哥的同窗去過家裡。這位沒有。」

「欸，不對，既然他確實是二弟的好友，怎麼你知道，小六卻不認識？再怎麼說，當時小六已經十歲了，總不至於那人從來沒有去家裡做過客？」衛繁星這話明顯是衝著紀昊渲去的。

「我也不知。我知道的，都是去邊關之前的事情了。」

紀昊渲十六歲離開鳳陽城，之後相關種種，他無從得知。

「二哥當時確實是有一些好友的，不過鮮少來家裡做客，都是在外面的茶館一起暢談古今。我認識的那幾位，在二哥出事之後，都有來家裡過。」紀彥宇跟著解釋道。

如此一來，衛繁星大致就懂了。「如果我沒有意會錯，二弟之前的好友，跟之後的好友不是一批人。或者說，至少這位楊一帆，曾經跟二弟走得親近，後面卻並非如此。」

「倒也正常。」紀昊渲也覺得如此。

「究竟是不是真的正常，可不一定。」衛繁星搖搖頭，語氣頗為有些意味深長。

「娘子的意思是，這楊一帆確定有疑？」紀昊渲直接問道。

「我只是覺得，死者為大。不論曾經發生怎樣的分歧，導致兩人分道揚鑣，不再往來，二弟出事以後，於情於理都不該不出現。畢竟二弟在鳳陽城的名聲有口皆碑，博得大家一直稱讚。這位楊一帆同為讀書人，竟然能毫不在意自己的名聲，從始至終都避而不見……是否可疑尚且不確定，但總覺得有些蹊蹺。」

這完全就是衛繁星的直覺了。

真要說出理由，談不上合乎邏輯，但就事論事，以紀昊辰的為人處事，楊一帆應當不止於此才對。

「許是當時他不在鳳陽城？」

紀昊辰並非故意為楊一帆推脫，也不是存心跟衛繁星唱反調，而是認認真真地試圖從各個角度幫著分析出真相。

「那就是在乾元城？」衛繁星的臉色越發肅穆。「我記得，爹就是在二弟出事之後來了乾元城。彼時跟二弟一起在乾元城科考的，可有此人？」

「有。」

正是因為紀彥宇知曉這位楊一帆是哪年考中舉人，才越發覺得楊一帆的反應不同尋常。

「這樣的話，我大致知道該從何查起了。」

乾元朝科考制度嚴明，舉人以上更是難上加難。若楊一帆只是一個秀才，或許還增加了難度，但楊一帆既然考中舉人，對如今的衛繁星而言，不是難事。

「我明日也出門去打探一番。」既然要查，紀昊渲肯定不會坐視不理。

「別。你那邊先別動，小心打草驚蛇。我來就行了。」

紀昊渲是武將，他要打探，繞的圈子太大，範圍太廣。不像衛繁星身在戶部，輕輕鬆鬆就能探聽到想要的消息。

被衛繁星這麼一提醒，紀昊渲反應過來，跟著點了點頭。「好，辛苦娘子了。」

衛繁星搖了搖頭。

在這件事上，再辛苦也理所應當。問題是到底能不能就此查出真相？

不過，以他們家如今的地位，也不至於像從前那般束手無策就是了。

第六十二章

衛繁星的動作很快，兩日後，楊一帆的相關訊息就全部摸查清楚了。

正如紀彥宇所說，楊一帆確實是跟紀昊辰同一屆參加舉人科考的考生。只不過紀昊辰不幸遇難，楊一帆卻順利考過了。

並且仔細查探後，衛繁星還得知，楊一帆當時跟紀昊辰同住一間客棧，在科考前那幾日一直是同進同出，走動頻繁。

這其實不算什麼大發現。

畢竟都是從鳳陽城來乾元城的學子，一起同行在某種程度上也是互相關照，防止不必要的意外發生。

但是偏偏這種情況下，但凡遇到居心不良的人，意外才是會真的發生。而且是出其不意，防不勝防。

雖然沒有明確證據，但衛繁星怎麼看都覺得，這個楊一帆確實有問題。

等到再一細查，發現這位楊一帆竟然跟國舅家的公子有交集，衛繁星越發覺得事情不對勁。

或者說，這裡面肯定有著不可告人的秘密。

否則，楊一帆區區一個平民學子，怎麼可能得到國舅家的公子另眼相待？楊一帆自己也算不得學問多麼好，人品又不是多麼出眾，哪裡值得國舅家的公子特意照拂？

紀旲渲也是一樣的看法。

甚至隱隱約約間，他感覺自己好像摸到了真相的邊緣。

「要不要我去找那個楊一帆試探看看？」

紀旲渲讀了不少兵書，對打仗頗有見解。但是人心這一塊，他不是很確定，就想著全聽衛繁星的安排。

「你去不合適，讓小六去。小六年紀小，不容易被提防。」衛繁星搖搖頭，點名了紀彥宇。

「小六……」紀旲渲頓了頓，忍不住點頭贊同。「行，那就小六去。小六性子沈穩，不怕出錯。」

這一點上，紀旲渲跟衛繁星再度一致。

要是換了紀彥坤，他們兩人可不會如此安排。

聽大哥大嫂這般說，紀彥宇沒有任何猶豫，點了點頭。

再然後，紀彥宇在書院開始跟楊一帆有了接觸。

楊一帆是最近才轉到這個書院來的。

他是真心想要求學，卻屢次不中會試，如今迫不及待想要更進一步，就對學業極其看重。

但是他萬萬沒有想到，會在這裡碰到紀彥宇。

這裡可是乾元城，又不是鳳陽城，紀昊辰的弟弟怎麼會出現？

而且當時紀昊辰出事，紀父也跟著走了。楊一帆最後得知的紀家消息是紀母也沒能活下來。

彼時，紀昊渲人在邊關，隨時都會喪命；紀佩琪下鄉去當了青娘子，短期內根本回不來。紀佩瑤他們幾個小的更是別提了，能不能好好活下去都是問題。

楊一帆甚至還去打探過紀家一眾親戚的態度，知道大家都不願意出手幫襯紀家這些小的。

楊一帆這才長長地鬆了口氣，頭也不回地離開了鳳陽城。

這幾年，他人在乾元城，過得還算不錯。

只不過科考接連失利，對楊一帆的打擊有些大。

直至今日，他還只是個一事無成的舉人，一不小心，竟然被紀彥宇這個小孩子給追了上來。

一想到這家學院是他好不容易才花功夫進來的，楊一帆就忍不住肉痛。

但凡換個場合，他是肯定會走人的，說什麼也不會跟紀家人再有接觸。

可偏生離開了這家學院，楊一帆真的不知道接下來該去往何處。更別提他對下一屆會試勢在必得，不敢輕易再放棄手中的機會了。

於是沒辦法，楊一帆只能繼續在這裡待著。

也是無可避免地，就跟紀彥宇有了交集。

說起來，對於紀彥宇，楊一帆沒什麼印象。

他曾經跟紀昊辰甚是交好的時候，聽到更多的還是紀昊渲這個大哥。等紀彥宇他們出生的時候，楊一帆跟紀昊辰已經沒有那麼親近了。

乃至紀彥宇這個名字之於楊一帆，就是紀昊辰的親弟。更多的，他一無所知。

不過紀彥宇雖然年紀小，學問倒是不錯。這一點，像極了紀昊辰。同時，也刺痛了楊一帆的眼。

當初楊一帆為何會跟紀昊辰反目成仇，無外乎就是紀昊辰太過耀眼了。

明明他就比紀昊辰更努力，可處處不及紀昊辰。所有人的目光都放在紀昊辰的身上，所有的誇讚和光環也都是紀昊辰一個人的。

就連他心儀的姑娘，都暗戀紀昊辰……

哪怕紀昊辰最終沒有娶他心儀的姑娘，楊一帆依然如鯁在喉，甚是不滿。

尤其在楊一帆順利將心儀的姑娘娶回家之後，每每午夜夢迴，楊一帆總覺得心儀的姑娘並不愛慕自己。

他明媒正娶的娘子，心卻在別的男人身上！

光是這一想，楊一帆就恨不得紀昊辰這個人根本不曾存在於世上。

偏偏他和紀昊辰還是同一屆學子，他參加科考，紀昊辰也參加；他來乾元城，紀昊辰也來。

就連被大人物賞識，紀昊辰都要搶先他一步，差點就一步登天！

得虧他出手夠快，阻斷了紀昊辰的榮華路。否則，這乾元城哪裡還有他楊一帆的容身之地？

也怪紀昊辰太過招人眼，才來乾元城沒幾日，就得罪了不該得罪的人，可不就活該受到教訓？

徹底除去紀昊辰這個心腹大患，楊一帆只覺得整個人都豁然開朗，連呼吸都變得格外清新。

這幾年下來，是他過得最快活的日子，不再需要忌憚紀昊辰的存在，也不需要生活在紀昊辰的陰影下，何其快哉？

紀彥宇是真的相當沈得住氣，不過幾次就發現了楊一帆藏在眼底的嫉妒。沒有任何二話，紀彥宇故意表現得更加出眾了。

果不其然，換來楊一帆幾乎藏不住的暴戾眼神。

尤其是學院的夫子每每誇讚他時，楊一帆瞪向他的眼神就像在看仇敵，而且還是一輩子的那種。

紀彥宇能明顯感覺到，楊一帆在透過他看什麼人似的。

而這個「什麼人」，不消多說，他已經猜到了。

「呵！如此地小肚雞腸？就因二弟的學問比他好，他就恨上了二弟？」衛縈星只覺得甚是可笑，又極其可悲。

可笑的是楊一帆，可悲的也還是楊一帆。

偏生承擔苦果的，是無辜的紀家人。

也無怪乎賀鳴洲託的人查不到什麼蛛絲馬跡了。

就單單只是藏在心下的嫉妒和怨恨，明面上從未起過任何衝突，甚至還能稱之為同窗好友……

這要怎麼查？

哪怕是彼此都相互熟悉的那些學子，怕也懷疑不到楊一帆的身上。

「大嫂，我只是猜測，並無證據。」紀彥宇的語氣有些低沈，帶著說不出口的無奈和失落。

楊一帆這個人太無懈可擊了。哪怕是嫉妒他，也只是從眼神和臉色上能窺見一二，從不曾見到楊一帆動手。

就連言語上，楊一帆都沒有任何的攻擊性，挑不出半點的毛病和漏洞。

「他尚未將你視為畢生仇敵，當然不會對你怎麼樣。或者說，他真正怨恨的那個人已經不在人世，說不定他已然放下，不會再採取行動。」

衛繁星並不懷疑楊一帆已經打算收手不幹。

這樣的人，才更難對付。

「那我是不是要逼他一逼呢？」一想到自家二哥無辜被害，紀彥宇就壓抑不住心底的怒火。

「可以一試，但不一定會有效果。乾元城不比鳳陽城，能者數不勝數，會讀書的學子更是多之又多。你不會是第一個壓過他風頭的，也必定不會是最後一個。」衛繁星並不看好紀彥宇這一計策。

以前楊一帆會那般嫉恨紀昊辰，說到底還是眼界太小。

可如今來了這乾元城，哪裡還有楊一帆記恨的餘地？只怕處處都是比楊一帆優秀的學子，他根本記恨不過來。

時間長了，楊一帆可不就泯然於眾，淪為徹徹底底的尋常人了。

這要是紀昊辰才剛出事那段時間，拿紀彥宇去刺激楊一帆，或許能行；但是如今時隔好幾年，只怕效果會大打折扣。

「再怎麼樣也要試上一試。如果不試，才是真的沒有機會。」紀彥宇堅持道。

紀昊渲也覺得此計可行。

當初二弟出事，他人不在身邊。如今他就在乾元城，勢必會護住小六周全。

「行，那就試試。」

衛繁星沒有阻止紀彥宇的舉動。

先不說最終到底有沒有效果，就如同紀昊渲一樣，衛繁星亦不是毫無能力反擊之人，不怕楊一帆狗急了跳牆。

事實證明，楊一帆對紀彥宇還是有些牴觸的。

或者說楊一帆對紀昊辰的弟弟，心裡控制不住地在意。

到底是一條人命，還是楊一帆親自動手害的，哪怕他裝得再若無其事，一旦碰到跟紀昊辰相關的人和事，他就好像被開啟了開關，管不住的煩躁情緒再度湧來。

更別提紀彥宇總是在他的面前晃悠，明明不在一個課室，也日日出現在他的眼前，深深地刺激著他的心神，直讓他寢食難安，狂躁得想要發狂。

如此這般被折騰了近一個月後，楊一帆到底還是沒能忍住，再次起了心思。於一次書院規劃的踏青日，朝著站在河邊眺望遠方的紀彥宇伸出了手……

第六十三章

紀彥宇意外落水的消息傳回來的時候，衛繁星在戶部，紀昊渲在兵部。

兩人同一時間請假，立馬趕去了書院。

書院裡，紀彥宇已經重新換了衣裳，也請了大夫過來診治，確定沒有大問題。

而之所以會驚動衛繁星和紀昊渲，原因很簡單，紀彥宇堅稱自己落水並非意外。

如此這般，事情就嚴重了。

楊一帆肯定不承認自己有伸手推紀彥宇。

面對紀彥宇的指控，他的神色極其無辜，一直辯解，甚至最後還紅了眼眶，一副受盡冤枉和委屈的模樣。

相比之下，神色冷淡的紀彥宇氣勢過強，明明是落水的受害者，反倒不怎麼令人同情。

衛繁星和紀昊渲抵達的時候，書院已經有不少和事佬開始勸和了，無不在勸紀彥宇息事寧人，也有說紀彥宇是不是弄錯了、誤會了的……

「什麼誤會？」

在書院門外跟紀昊渲會合後，衛繁星大步走了進來。

看到衛繁星，紀彥宇的神色鬆了鬆，抿緊嘴唇，解釋道：「他們都說我在冤枉人。」

「冤枉人？呵，落水的是我家小六，冤枉人的也是我家小六。合著我家小六整日閒著沒事，就愛跳水冤枉同窗唄！」衛繁星一開口就是嘲諷，殺傷力十足。

書院一眾人都是知曉紀彥宇家世的，對衛繁星這位戶部唯一的女官員有所耳聞，如今卻是頭一日相見。

也是這一見，大家對衛繁星就初步有了認知——不好惹。

也是。能在戶部當官的，哪個好惹？或者說，朝堂上下哪個官員是善茬？

他們這些人尚且不過是平民，根本不是衛繁星的對手，也不足以被衛繁星放在眼裡就是了。

心下這般想著，書院不少學子對衛繁星就有了牴觸，眼神也變得不是特別友善。

衛繁星並不以為意。

她又不需要跟這些學子接觸和相處，他們喜不喜歡自己，根本不是事。

更何況她今日前來，為的是給紀彥宇討回公道，跟一眾其他人沒有半點的瓜葛。

衛繁星和紀昊渲兩位官員前來，書院院長得知消息後，也連忙趕了過來。

隨後，就碰上了自家學子跟衛繁星針鋒相對的畫面。

對此，院長是不苟同的。

倒不是怕了衛繁星這個戶部官員，院長只是對自家學子如此沈不住氣且不明辨是非，非常失望。

紀彥宇這個學子，院長是認識的，對他的品性也有所了解。

院長相信，紀彥宇不會隨意拿自己的性命玩笑，更沒必要惡意栽贓同窗。

畢竟眼下又不是科考在即，眾人要爭搶名額，更別說紀彥宇的學問遠遠在楊一帆之上，哪怕要針對，也不該挑楊一帆。

所以沒有任何意外，院長站在了紀彥宇這一邊。

「是不是意外落水，我不信當時沒有第三人看到。哪怕真的沒有第三人，從我家小六落水的地方、何種姿勢落水的、又是如何上岸的……只要報官，自由定奪。」

既然對楊一帆起了疑心，衛繁星他們怎麼可能完全沒有防備。

今日這一場景，無外乎只是前情鋪墊罷了。

楊一帆有些心慌。

他當時動手的時候，確實有小心查看過，確定周遭沒有其他人。

但凡事都怕個萬一。萬一呢？萬一就有誰恰好看到了呢？

本來楊一帆是不著急的，畢竟從紀彥宇送回書院到現在，都沒有所謂的知情者出現，好似真沒任何其他人看到當時到底是怎樣的場景。

如此這般，哪怕紀彥宇再是堅稱被推入水，楊一帆也不害怕被揭穿真相。

想也知道，以紀彥宇的年紀和閱歷，根本不是自己的對手。只要他稍稍運作，勢必能控制住局面，輕輕鬆鬆脫身，反而讓紀彥宇身敗名裂。

但是衛繁星和紀昊渲這一來，事情的性質就變得不一樣了。

尤其衛繁星如此咄咄逼人，更是出乎楊一帆的意料之外。

聽到要報官，楊一帆下意識地抖了一下，拚命回想著自己有沒有急中出錯，留下什麼把柄。

「那就報官。」院長也想要查出真相，省得冤枉了誰，又無意間幫忙掩藏了真相。

「不……」楊一帆是想要阻止的。可他一開口，所有人的視線都落在了他的身上。

一剎那的工夫，楊一帆如鯁在喉，一個字也說不出口了。

「楊學子不願報官？」院長皺了皺眉頭，看向神色不對的楊一帆。

「不，不是。」

楊一帆當然不敢承認自己不願意報官，否則就是不打自招了。

只不過真要報官，楊一帆又擔心事跡敗露，就只能努力斟酌著措辭。「學生只是擔心，一旦報官，會對咱們書院名聲有損。」

「書院名聲為何有損？又不是書院逼著學子惡意傷人，書院何錯只有？」衛繁星嗤笑一聲，當面質問道。

楊一帆的臉色就變了，試圖堂堂正正地自辯清白。「我沒有惡意傷人，我是被冤枉的。」

「既然是被冤枉的，何故不敢報官？只有報官，方能還你清白，不是嗎？」楊一帆的心態明顯不是很好，衛繁星樂得多刺激刺激他。

「我不是，我、我……」楊一帆確實說不過衛繁星，又驚又怕，更多的是慌亂。

只看楊一帆這般表現，可以說是被戳中真相的慌亂，也可以說是被冤枉後的百口莫辯。具體要怎麼理解，見仁見智，只看眾人各自的觀感。

比如書院的院長就更傾向於前者。於是乎，他的語氣轉為強硬。「莫要多說，直接報官，查明真相就是。」

而其他本來相信楊一帆是被冤枉的學子，在聽到院長這般決定後，也都選擇了默認。他們相信邪不勝正，也堅信真相一定會大白於天下。不管那人到底有何背景和靠山，都無法扭轉真相。

楊一帆想要轉身跑走。

心裡的不祥之感太劇烈了，根本由不得他假裝什麼事情也沒發生。

一想到晚點還要被官差再三逼問真相，萬一來的是衛繁星或紀昊渲的同僚，他們肯定不會放過自己的！

到了這個時候，楊一帆忽然就想起了當初紀昊辰出事後的種種。

正是因他背後有人，才沒人查出真相，直接認定紀昊辰是失足落水。連之後紀父非要找來乾元城追查真相，也被輕易解決，永絕後患。

如今好似舊事重演，卻因紀家早已今非昔比，使得楊一帆開始心虛害怕……

楊一帆實在太心虛了，此時此刻的他更懊悔的是，自己沒有提前籌劃好，也沒有向那人求助過。

只怕真要到了官府，還沒等到那人得知消息，他就被屈打成招了。

一想到這裡，楊一帆不由渾身發抖，越發顯得驚懼。

楊一帆的表現實在不像是無辜之人。院長沒再多說，直接就命人報官。

在此期間，楊一帆幾度想要找藉口逃跑，再不然就是通風報信，卻始終被盯得很緊，不得離開。

最終，楊一帆面色灰敗地被帶去了衙門。

其實本來今天的事情並不大，也不嚴重，畢竟紀彥宇沒有喪命，未有鬧出大禍。

可楊一帆的心態實在不夠強大，一進官府公堂，就好像被送入了大牢，身體抖成了篩子，無異於不打自招。

偏偏衛繁星和紀昊渲這兩個紀家人就在一旁，楊一帆就更害怕了，哆哆嗦嗦問，腦子一片空白，不等刑訊逼供就自己喊了出來。

「不是我，真的不是我！我沒有要害紀昊辰，沒有！」

「紀昊辰？」衛繁星精準地抓住重點，趁著楊一帆的心裡徹底被擊潰，厲聲質問。「那紀明和呢？也是被你害死的？」

「不是我！真的不是我！是國舅大人家的公子！是他！」楊一帆幾乎是下意識地脫口而出。

這一出，他猛地回過神，雙手捂住嘴巴，眼底流露出絕望神色。

哪怕他一個字也不說出口，都還有保命的機會。可如今，他居然供出了國舅大人的公子，可不就是活該喪命！

又是國舅大人！衛繁星和紀昊渲對視一眼，沒有任何遲疑，直接要將此案報去刑部。

第六十四章

賀父身為刑部尚書，向來都很忙。

今日，他的忙碌又多了一份——提審國舅大人家的公子。

對於其他人來說，得罪國舅大人不是好事，只怕還會沾惹一身的麻煩和禍事，但是身為刑部尚書的賀父並不在意。

但凡能送到刑部的案子，都是大案、要案，連聖上都可能會隨時過問。

想當然，他無須懼怕任何人。只要自己沒有徇私枉法，查出來的是真相，自有聖上為他撐腰。

於是乎，國舅大人也在同一時間出現在了刑部公堂。

國舅大人倒不是被人請過去的，而是自己主動去刑部的。

愛子莫名其妙被帶走，他怎麼可能不趕過去坐鎮？有他在，誰也別想動他愛子一根寒毛！

「衛大人？」一看到衛繁星，國舅大人還有些詫異。

戶部跟刑部可沒什麼關係才對。

再看到紀昊渲，國舅大人的臉色就不怎麼好看了。

「紀將軍怎麼也在？」

對跟威武將軍有關的人，國舅大人都很厭惡。

尤其紀昊渲還是威武將軍的得力大將，幫著威武將軍斬殺無數敵人，立下了汗馬功勞，國舅大人就更不喜歡了。

也是到這個時候，國舅大人才得知，衛繁星竟然是紀昊渲的夫人！

「我就說，怪不得呢！」

看了看衛繁星，又看了看紀昊渲，國舅大人著實氣不打一處來。

之前想著衛繁星不過是戶部一個毫不起眼的小小官員，根本不值一提，便也沒有仔細派人查探衛繁星。

哪想到衛繁星實際上還跟威武將軍是一夥的！

早知道，早知道他就該直接斷了邊關的糧食，看衛繁星還怎麼幫助威武將軍！

當然，如今事已至此，國舅大人已然來不及處置衛繁星了。

而此時此刻的當務之急，還是得先救下他的親兒子。

只可惜國舅大人想得簡單，問題還真就沒那麼容易解決。

這些年，國舅大人對這個兒子是真的縱容，完全沒有預料到這次竟然殃及了兩條性命。

尤其，還是官家親屬的兩條性命！

國舅大人倒是想要息事寧人，可衛繁星和紀昊渲都不答應，加上賀父很快就拿捏住了真相和把柄，根本由不得國舅大人從中運作和周旋。

只是短短一日的工夫，楊一帆和國舅大人的公子就自己供出了事情的真相。

卻原來，當年紀昊辰和楊一帆前來皇城趕考，在一處茶館偶遇了國舅大人的公子。

這位公子向來就是個跋扈的，彼時正肆意欺壓一個小姑娘。

再然後，紀昊辰正義凜然地站了出來，救下了那個小姑娘，同時也徹底得罪了這位公子。

這位公子當場沒有多說什麼，連狠話都沒有放過，就那樣甩手走人了。乃至後面紀昊辰出事，沒有一人懷疑到這位公子的身上。

至於紀明和，完全就是意外。

當時紀明和來到皇城，率先找的就是跟紀昊辰一起科考的學子。自然，楊一帆也在內。

說心裡話，突然被紀明和找上，楊一帆是心虛的。

也正是因為心虛，言語間就有些矛盾，前言不搭後語，露出了破綻。

而這樣的破綻，恰好就被紀明和發現了。

於是乎，楊一帆就被紀明和給盯上了。

楊一帆是真的害怕，想也沒想就找國舅大人的這位公子求助。

其實這位公子原本只是想要小小教訓一下紀昊辰，給紀昊辰點顏色瞧瞧，讓紀昊辰落水，直接錯過科考，以後也別想當官。

哪想到紀昊辰竟然直接就丟了命！

毫無疑問，事情鬧大了。這位公子也正心焦，生怕真相被察覺。

這個時候楊一帆求助，知道紀明和已經發現了楊一帆的不對勁，這位公子生怕牽連到自己的身上，索性一不做二不休，也害了紀明和的性命。

至此，紀昊辰出事的真相被徹底掩蓋，紀明和也休想再有機會查出真相。這位公子和楊一帆一起，保住了性命。

此後，這位公子和楊一帆就再也沒有聯繫過。

兩人好像約好了一般，甚是默契地忘記了紀昊辰和紀明和的存在，只當什麼事情也沒發生過。

正是因為紀昊辰出事，乃楊一帆動的手；紀明和喪命，卻是這位公子命人幹的。

楊一帆和這位公子又在明面上完全沒有交集，兩樁命案擱置在一起，怎麼查都沒有任何牽連，反而更像是意外。

於是哪怕之後賀鳴洲託人幫忙查探，也沒發現不對勁。

如果不是這次楊一帆自己爆出來，誰也料想不到，這其中還有國舅大人家這位公子的事。

楊一帆哪裡是故意爆出這位公子的。給他一百個膽子，他也不敢暗害國舅大人家的公子。

他真的就只是架不住嚴刑拷打，極度驚懼害怕之下的反應，待到說出口之後，他整個人都嚇傻了，一聲也不敢多吭。

尤其是國舅大人家的公子也被抓來刑部之後，楊一帆全程都將腦袋藏得低低的，生怕被國舅大人家的公子抓住遷怒。

他不是故意的，他真的不是故意的！

不管楊一帆如何懊悔，也不管國舅大人家的公子如何抵死不認，紀昊辰和紀明和喪命的真相確實水落石出了。

因為涉及國舅大人，賀父沒有任何遲疑，上報了聖上。

正如同國舅大人所言，若死的只是尋常人，聖上也或許不會那麼關注。

但這事牽扯到了衛繁星這位當今朝堂唯一的女官，以及紀昊渲這位聖上才剛封賞的飛騎將軍，聖上想不關心都很難。

待到看完事情的前因後果，有那麼一刻，聖上只覺得甚是荒謬。

要知道國舅大人的公子可是聖上的表弟，聖上對他向來還算疼愛，卻從不知道這個表弟竟然如此無法無天，甚至草菅人命。

一時間，聖上又覺生氣，又覺難堪。

想著或許正是因自己的縱容，才導致國舅大人的公子如此害人害命，聖上對國舅一家就生出了不滿。

也就在這時候，一位御史進諫了國舅大人常年苛扣邊關糧草的罪名。

涉及邊關，還是糧草，聖上盛怒，下令徹查。

隨即，國舅大人早些年的過錯都被揪了出來。

與此一起的，還有衛繁星這幾年的舉動。

雖說衛繁星是紀昊渲的夫人，這其中或許夾雜了私心，可衛繁星確實救了邊關將士和百姓們的性命是事實。

於是乎，聖上在降罪國舅一家的同時，也嘉獎了衛繁星，官升二級，變成了戶部女侍郎。

如此這般，繼本朝第一位女子為官後，衛繁星再度成為了眾人矚目的焦點。

至於戶部尚書，功過相抵，沒有降罪，也沒有責罰。

戶部尚書對此沒有怨言，反而還暗中慶幸，關鍵時刻自己放任了衛繁星的舉動。否則一旦聖上問罪，他怕是比國舅一家還要慘。

再怎麼說，國舅一家還是聖上的親人，除了直接草菅人命的國舅家公子，其他人也就是貶為庶民，並未人頭落地。

但是換了戶部尚書自己，可不敢保證還能不能保得住自己的腦袋。

想到這裡，戶部尚書對衛繁星越發感激，私下裡，還給衛繁星送去了一份極其厚重的謝禮。

此外戶部尚書還暗自決定，以後凡事都跟著衛繁星走，肯定錯不了。

突然收到戶部尚書的謝禮，衛繁星有些懵，仔細想想又了然。隨即，沒有退回去，默默收下了。

紀昊渲也看到了這份謝禮，同樣沒有任何異議，任憑衛繁星自己處理。

相較之下，他們更多的心思，還是放在國舅一家的下場上。

紀家人都很善良。他們倒是沒有遷怒其他人，只看國舅家的公子確實一命抵命，楊一帆也被秋後問斬，便沒再追究其他人了。

不過，紀佩瑤他們盡數特意趕來了乾元城一趟，為的就是親眼見證國舅家這位公子和楊一帆的下場和報應。

說心裡話，衛繁星覺得此事挺順暢的，出乎自己的意料之外。

早先包括戶部尚書在內的所有人都不斷跟她提及，國舅大人是何其不好招惹。

乃至一得知此事跟國舅大人家的公子有關時，衛繁星已經做好了最壞的準備，甚至還打算實在不行，就直接拉著紀昊渲兩人一起當朝告御狀！

然而，聖上比她預想的還要公正，也比她預想的明察秋毫，著實省去了他們不少麻煩，也無形間削減了紀家人心裡的怨懟和憤怒。

再細一琢磨，衛繁星又覺得，好像不該如此驚訝。

聖上連她這個女子都能封官，足以可見聖上的心胸確實足夠寬廣，也實實在在堪稱明君。

她早先的擔心和質疑，反而顯得過於小肚雞腸了……

因衛繁星升任戶部女侍郎，加之紀昊渲被授予將軍官職，他們兩人自然是不可能再回鳳陽城了。

紀佩瑤他們毫無疑問是不捨的，卻又覺得極其光榮和驕傲。他們的大哥大嫂，都是很厲害的能幹人，也是值得他們欽佩的大英雄。

若沒有大哥大嫂在，他們怎麼可能順利為二哥和爹爹報仇雪恨，查明真相？

這般想著，哪怕一家人必須要面對分離，好像也沒那麼難以接受。

加之他們如今各自都有了自己的小家，當然不能像從前那般，事事都依賴大哥大嫂。
該是時候，他們自己學會長大了。

第六十五章

送走了紀佩瑤他們，依舊是紀彥宇帶著紀璃洛和紀暮白留在了乾元城。

而這個時候的他們，已經和衛繁星一起住進了將軍府。

衛繁星更是直接住進了紀昊渲的院子，兩人正式做了夫妻。

於衛繁星而言，一切都不過是水到渠成，順其自然罷了。

她沒有過分排斥紀昊渲，反而對紀昊渲還頗有好感。紀昊渲幾乎也是所有的事情都唯她是從，不管是脾氣、性子還是容貌，都挺合乎她的審美。

這樣的夫君，她不要白不要，錯過了說不定日後還要惋惜。

衛繁星向來不會准許自己後悔。這一次，也不例外。

紀昊渲明顯能感覺到，他和衛繁星之間的相處更加融洽了，兩個人的感情也在一日千里地變好。

這樣的改變，是紀昊渲期盼中的，也是他最真實的想法。

如今在他的心裡，衛繁星便是自己的娘子。他不可能再像之前說的那般，放衛繁星離開。

他捨不得，也不願意。

此後這一輩子，他都會竭盡所能地對衛繁星好，毋庸置疑地好。

這個承諾，他會信守一輩子，絕不忘記。

衛繁星倒是沒有想那麼多。

在她這裡，才剛開始跟紀昊渲談戀愛呢！或許感情確實有遞進，她對紀昊渲的認知也確實有改觀，但說起一輩子，著實還沒那麼長遠。

但是不可否認，真正跟紀昊渲談起戀愛，感覺很不錯，身心也極其愉悅。

這樣的前提下，衛繁星自然就隨心了。就連圓房，她都沒有排斥和牴觸。

在紀昊渲這邊，肯定是夫妻兩人理所當然地水到渠成。但是在衛繁星這裡，其實根本沒有到那個程度。

在現代，結了婚還能離婚呢，更別提不過是睡了一晚。

但是，只要紀昊渲願意對她好，也堅持對她好，衛繁星也不至於沒事找事，故意為難紀昊渲，甚至睡完就跑，翻臉不認人。

如今這樣的日子過得頗為舒心，並未影響到衛繁星自己的生活，想當然就不會有意見了。

不過就是兩、三個月後，衛繁星突然發現自己懷孕，這就有些阻礙了。

但是左右衡量、再三對比，想想之後多個跟自己血脈相連的小包子，衛繁星又覺得尚且還能接受這個小小的阻礙。

而且紀昊渲自己都說了，不管是兒子還是女兒，他都一樣喜歡。而且私心裡，他更傾向於閨女。

確定紀昊渲不是個重男輕女的，也觸及不到衛繁星的雷點，衛繁星毋庸置疑更沒有其他的想法和打算。

遠在鳳陽城的紀佩瑤他們，很快就得知了衛繁星有喜的消息。

對此，他們別提多高興了，連忙準備各種東西往乾元城送。

哪怕很清楚衛繁星在乾元城肯定什麼也不缺，甚至能買到比他們準備得更好的東西，紀佩瑤他們還是忍不住興奮，一定要自己準備。

弟弟妹妹們的心意，衛繁星當然不會拒絕。

她對紀家孩子們的印象和觀感從來都很好。如今過去那麼久，依然如此。

至於紀佩瑤他們送來的東西或許不是那麼地好，在衛繁星這裡根本算不得事。她初次懷孕，並沒有什麼經驗，好多東西都不知道要買。

現下，他們準備得如此齊全，倒是省去了自己不少的事，著實輕鬆又自在。

此外，紀佩瑤他們還在信中提及，商量好了以後，會輪流來乾元城照顧衛繁星。

在這一點，衛繁星就覺得沒這個必要了。紀佩瑤他們都是有工作的人，又不是閒在家裡，從鳳陽城來乾元城肯定會耽誤工作，實在沒這個必要。

至於她自己，紀昊渲幾乎方方面面都照顧到了，還有紀彥宇也是個盡心盡力、細緻周到的，足夠了。

再說，還有賀家長輩時常過來探望和照顧，衛繁星真心不需要紀佩瑤他們特意放開工作，趕來乾元城。

這件事是衛繁星親自回信拒絕的。紀佩瑤他們固然還是很有想法，卻也不敢不聽從衛繁星這個大嫂的。

也不知道從何時開始，衛繁星這個大嫂在家裡的分量，比紀昊渲這個大哥都還要高了。

哪怕如今大家都不住在一起了，也依然是如此，不曾改變。

紀昊渲對衛繁星的這個安排也沒什麼異議。此外，他還請了一位經驗豐富的大娘來家裡照顧她。

如今的乾元朝，是不准許有奴僕丫鬟的，這位大娘也並非紀家的下人，就單純是拿了工錢來幹活的。

對此，有銀錢拿的大娘樂意之至，衛繁星這邊也得到了不小的便利。

乃至十月懷胎，衛繁星仍是沒有吃太多的苦頭，就順順利利地生下了一個香香軟軟的小姑娘。

紀昊渲很喜歡這個來之不易的女兒。在他的心裡，曾經一度真以為自己會死在戰場上，也從未想過自己有朝一日會娶妻生子。

哪怕當初娶了衛繁星，也不過是權宜之計，並非真心喜歡。

而今卻是不一樣了，他真心實意期盼著這個孩子的出生，也親手抱到了自己滿心歡喜的閨女，哪裡還有不高興的？

衛繁星也挺開心。

對她來說，不管是兒子還是女兒，都行，只要是她肚子裡生下來的，都是她最親最親的親人。

在這一刻，衛繁星切切實實地有了跟這個世界真正相融的連結。

以前，她或許還能置身事外，感覺自己隨時都能抽身而去。但是現在的她，不會了。

衛繁星懷孕生女，戶部很大方地給衛繁星放了假。哪怕之後孩子出生，戶部尚書也沒逼著衛繁星立馬回去。

當然了，該是衛繁星的工作還得她來。這是規矩，不好輕易變動。

只不過衛繁星的工作地點從戶部變成了將軍府，她自己的家裡罷了。

衛繁星對此沒有任何想法，反而很感激戶部尚書的體恤。

對她而言，算帳實在不是什麼大事。本來，戶部一眾同僚還打算幫忙分擔她的工作，都被衛繁星拒絕了。

她不是喜歡欠人情的性子，何況戶部的工作之於她算不得多麼難的事情，她完全可以在家裡圓滿處理好。

見衛繁星哪怕懷孕生女都不影響工作，戶部尚書對她別提多滿意了。

戶部一眾同僚也對衛繁星很欽佩，哪怕明知道衛繁星受到了特殊待遇，也絲毫沒有怨言，反而很是贊同。

聖上如今對衛繁星還是另眼相待的。

本來衛繁星懷孕這事，聖上想著可以稍稍照拂，畢竟是朝堂上難得的唯一一位女官。

哪想到衛繁星從始至終完全沒有任何需要照拂的地方，交上來的新帳一目了然，沒有丁點紕漏，速度甚至比戶部那一眾成日坐值的官員還要更快。

由此就足以可見，衛繁星確實是個有本事的。

無怪乎能考中會計，還是當朝唯一的女會計！

至此，聖心大悅，直接就給了衛繁星不少的賞賜。此外還給了衛繁星一個特殊待遇，准其日後無須坐值戶部，可直接在家裡辦公。

無消多說，衛繁星這是得了天大的殊榮，有史以來的第一位。

衛繁星欣然應允的同時，對戶部的工作也越發上心。

與此同時，衛繁星給紀佩芙送去的功課亦是越發繁重。

紀佩芙已經考過兩次會計了，但是很可惜，依然沒中。

但她很堅韌，也不曾死心，依然努力和繼續。同時，始終向衛繁星求教。

衛繁星也不藏私，盡可能地教導著紀佩芙。

她相信紀佩芙總有一日能得償所願的，也希望能再為乾元朝新增一位有能力、有本事的會計。

在衛繁星的督促和教導下，三年後，紀佩芙終於一戰成名，成為了乾元朝的第二位女會計。

聖上大喜，直接重用，讓紀佩芙也入職了戶部。

與此同時，得知紀佩芙竟然是衛繁星一手教出來的之後，聖上給衛繁星這個戶部女侍郎換了地，轉去了上書房。

這是要讓衛繁星教導太子和一眾皇子！

沒承想自己一朝直接登天，衛繁星眨眨眼，不卑不亢地開始了新的任務。

想當然，太子和一眾皇子不好教。他們又不是需要當會計，當然無須像紀佩芙那般學算帳。

不過，他們要懂看帳本，也需要有足夠的知識儲備。

衛繁星想了想，索性就單獨為他們列出了一本有關算帳的書籍。不需要他們自己親身學會如何算帳，但肯定能看懂帳，絕對不會被欺上瞞下的糊弄過去。

聖上也看過了這本書籍，對衛繁星就更滿意了，索性令衛繁星繼續修書，為乾元朝所有人著書。

自此，衛繁星就開始了著書傳世的忙碌日子。

衛繁星從來不喜歡攬功，也不喜歡獨自出風頭。既然是著書，還是有關算帳的書，肯定能找戶部一眾官員幫忙啊！

反正都是老熟人了，誰也不會坑害誰，一起努力，速度勢必會更快。

聖上是真的再次刷新了對衛繁星的認知。

他就覺得這個女人比朝堂上那些官員還要更心胸寬廣，也足夠地能人善任。

若非衛繁星只在算帳這一事上天賦異稟，聖上都要另外對她委以重用，哪怕是授命宰相都並不為過。

看看衛繁星的為人處事，有本事卻不張揚，有能力卻不顯擺；自己願意幹實事，也願意給同僚讓出機遇，一起進步，共進退。哪裡不是文武百官的好苗子？最適合當宰相不過了。

不過，只精通一道也是好事，勢必會更精進，也更卓越。

看衛繁星如今忙得風生水起，委實為他乾元朝教出了不少人才，亦是天大的功勞。

哪怕是此後，乾元朝幾乎每年都能出一、兩位會計，也不足為奇。

反正是朝廷賺了，他這位乾元朝的君主賺了！

第六十六章

又是一年，衛繁星結束了在上書房當夫子的生涯，編撰的書也穩步投入印刷。自然，她就閒了下來。

聖上也是大氣，連帶紀昊渲一起，給他們夫妻兩人都放了假。

紀昊渲本就是武將，邊關暫無戰事，他確實也是無事可幹。

兩夫妻一合計，索性就帶著女兒和家人一併回了鳳陽城。

紀佩瑤他們當然是滿心歡喜地迎接大哥大嫂的歸來。終於，他們一家人又可以團聚了。

再度回到鳳陽城，之於衛繁星和紀昊渲都有點既熟悉又陌生的感覺。但是不可否認，跟家人團聚的時光最是美好，也最是溫馨。

衛繁雪就是在這個時候，找上衛繁星這個妹妹的。

曾經，衛繁雪極其聽爹娘的話，讓她嫁人她就嫁人，讓她貼補娘家，她也沒有任何牴觸和反抗，老老實實地幹了。

可時至今日，她是真的快要過不下去了。

偏生娘家人說什麼都不肯幫她的忙，甚至還變著法子地想要繼續從她的手裡拿錢。

她哪裡來的銀錢啊？這是硬生生逼著她去死啊……

衛繁星對原主這位大姊並沒有太多的情緒。

原主還在的時候，跟衛繁雪的感情就談不上親密，更別提她這個外來者了。

至於衛繁雪的求助，衛繁星搖搖頭，愛莫能助。

「繁星，我知道妳如今當了大官，只要妳一句話，就能救大姊了。大姊求求妳了……」

沒想到衛繁星會拒絕她，衛繁雪瞬間哭成了淚人。

「大姊真要求助，應該是去找衛君易，而不是我。」

衛繁星記得，當初衛繁雪出嫁換回來的彩禮錢，可是給衛君易買了工作的。

於情於理，都合該是衛君易回報衛繁雪這個大姊的時候了，不是嗎？

「我又何嘗不想找二弟救我？可是二弟他……」想起衛君易冷漠的嘴臉，衛繁雪哭得越發傷心。「小妹，大姊能依靠的，就只有妳了。」

「大姊莫不是覺得我好欺負，就賴上我了？」

衛繁星是真的很不喜歡衛繁雪這般哭哭啼啼的模樣。

想要道德綁架她？很抱歉，她不吃這一套。

「小妹怎麼這般想？大姊不過是想著小妹如今出息了，隨隨便便一句話就能幫上大姊，這才厚著臉皮找上門的。小妹何以如此誤解大姊？甚至還冤枉大姊？」衛繁雪一邊掉眼淚，一邊氣憤不已。

衛繁星就更想笑了。「大姊在自己夫家不敢大聲說話，回了娘家，不敢找人出氣，卻偏偏跑到我這個小妹面前發一通脾氣。就這樣，大姊還說沒有看人下碟，故意賴上我這個所謂的小妹？」

都說可憐之人，必有可恨之處。眼前這位衛繁雪，就是如此。

真要說起來，衛繁雪嫁的夫家沒有那麼地差。能出得起三十兩的彩禮錢迎娶衛繁雪，怎麼說也算得上頗有誠意。

是衛繁雪自己非要把日子越過越差的。

在原主的記憶中，衛繁雪雖然出嫁了，卻還是很聽衛父衛母的話，私下裡沒少把夫家的東西搬回娘家貼補。

次數多了，可不就引起了那位大姊夫的不滿？

為此，衛繁雪還跟那位大姊夫起過爭執和衝突，甚至還好幾次硬氣地帶著包袱回娘家小住，非要等著大姊夫來接她，她才肯回夫家。

彼時，衛繁雪每次回娘家都是跟原主住一個屋子，自然也就多了些許說話的機會。

只不過，衛繁雪並不是很看得上原主的沈默，原主對衛繁雪的很多舉動也並不認可。

乃至兩姊妹雖然同住一個屋子，關係卻委實談不上融洽。

這也是為何後面衛繁雪嫁到紀家，衛繁雪卻始終沒有出現的原因所在。

不過，今日倒是意外。由此也足以可見，衛繁雪確實遇到大難處，而且不易化解開來。

否則，衛繁雪根本沒理由跑來找跟自己不甚相好的衛繁星。

「小妹，大姊知道，當初妳我還沒出嫁以前，在娘家鬧得不是很愉快。但我們好歹是親姊妹，本就應該互幫互助，不是嗎？大姊如今遭了難，小妹妳多幫幫大姊。等到日後小妹遇到難處，大姊肯定也不會袖手旁觀的。」

衛繁雪其實很清楚，衛繁星肯定不會輕易答應幫她。

但她已經沒有其他的人可以求助了，就只能死死地咬住衛繁星這個最後的希望。

她可是知道，衛繁星如今當了大官的。她就不信，衛繁星會絲毫不在意自己的名聲。

衛繁星當然在意自己的名聲。但是衛繁雪還沒重要到，會影響她名聲的地步。

至於衛繁雪所謂的難處，無外乎是她的夫家要把她休了，而她不答應。

這是衛繁雪的私事。衛繁星真要出面，強押著那位大姊夫不准休妻，才是仗勢欺人，有損名聲。

有關衛繁雪為何即將被休，衛繁星並不感興趣，也不想了解。

衛繁雪真要找人出頭，也應該是找衛家人，而非自己。

反正，衛繁星是不可能幫忙的，也不會理睬這件事。

衛繁雪覺得衛繁星這個妹妹太過冷漠了。她們可是親姊妹，衛繁星合該對她的處境感同身受，好生幫幫她才對啊！

這樣，等到日後衛繁星被夫家欺負的時候，她這個大姊才會站出來拉衛繁星一把。

難不成衛繁星真要跟娘家斷絕關係，徹底不再往來？衛繁星是瘋了吧！當了大官也不能忘了娘家人的重要啊！女子一旦沒有娘家的幫襯，在夫家很容易受欺負的……

衛繁雪的這套理念，衛繁星並不贊同，也懶得跟衛繁雪辯解。

眼下她只想盡快將衛繁雪送出門，兩人以後都老死不相往來即可。

求了好半天也沒等來衛繁星的鬆口，衛繁雪又失望又難堪，更多的是怒氣和怨懟。

哪怕是衛君易不願意幫她，衛繁雪都沒有如此不滿。

畢竟衛君易也沒多大的本事，根本不敢大聲跟她夫家說話的。

但衛繁星不一樣。衛繁星自己是當官的，嫁的夫君還是將軍，衛繁星明明就有能力幫她，卻不願意為她撐腰，實在是冷血。

越想越生氣，衛繁雪忽然就往地上一坐。「我不管！小妹要是不幫我，我就不離開你們家了！」

「那大姊妳就坐著吧！」沒想到衛繁雪會來此一招，衛繁星卻也並不害怕。

想要威脅她？癡人說夢。

於是等賀鳴洲和紀彥坤回來的時候，看到的就是自家院子裡坐了一個陌生女人的畫面。

「大嫂，這是誰啊？怎麼坐咱家院子裡？」而且還是坐地上……後面這句話，紀彥坤沒有問出口。

「來鬧事的。」半點沒給衛繁雪留情面，衛繁星逕自說道。

「什麼？」紀彥坤手中的大刀就拔了出來。

剛剛看到賀鳴洲和紀彥坤一身捕快衣服出現，衛繁雪已經嚇得面色發白，不敢說話了。再看紀彥坤直接衝著她拔刀，衛繁雪哪裡還敢多說別的，嚇得連忙從地上爬起來，拔腿就跑。

紀彥坤倒是沒想到，這人如此不經嚇。方才看這人賴在地上不肯動的架勢，他還以為對方是個硬氣的。

賀鳴洲也是沒有料到，他都還沒出馬，人就跑了。一時間，還有些沒有用武之地的失落感。

「這人到底是誰啊？」趕走了衛繁雪，紀彥坤好奇問道。

「我娘家大姊。」衛繁星撇撇嘴，據實以告。「說是要被夫家休妻，找我去給她撐腰出頭。」

紀彥坤可是知道，衛繁星跟娘家人關係並不好。而且這麼多年，也沒見這位大姊來紀家走動，儼然是跟他家大嫂關係並不好。

這樣的人突然找上門，肯定沒安好心。

紀彥坤冷哼一聲，直接回道：「大嫂別理這種居心叵測的人。」

「我確實沒打算理她。而且她跟她夫家那一攤子事，咱們這些外人本就不好參與，更不適合攪和其中。」

衛繁星沒打算去幫衛繁雪判定誰對誰錯。日子好壞，衛繁雪自己心裡最清楚，也不必她這個並不相熟的小妹評斷。

如此這般，衛繁星就真的將衛繁雪拋在腦後了。

衛繁雪氣不過，又想回頭來找衛繁星。偏偏一想到衛繁星夫家還有兩個捕快，她就不敢繼續冒頭。

最終，她就只能怏怏地回娘家了。

衛家人也在等著看，衛繁星對衛繁雪這個親姊姊的態度。他們早先去過紀家，是想要主動跟紀家交好走動的，無奈衛繁星不願意見他們這些娘家人，乃至紀家也不是很想跟他們當親戚。

想到這裡，衛家人別提多後悔了。

當初他們將衛繁星嫁出去的時候，圖的就是衛繁星的工作，想的就是以後再也不來往了，為的就是擔心衛繁星哪日後悔，再回娘家來鬧著要討回工作。

畢竟衛繁星當初的工作是真好，又清閒、工錢也高，衛家人別提多眼饞了。

他們也沒想到，衛繁星竟然如此有出息，竟然還能考中會計，之後又一飛沖天，當上了大官。

早知道衛繁星如此厲害，他們說什麼也不會把事情做得那麼絕，肯定要將衛繁星這個閨女好生籠絡住的。

只不過如今想來，為時已晚，悔不當初了。

第六十七章

衛家人都沒能在衛繁星那裡討到好。同時，紀家那一眾親戚也都沒有。

說起來，紀家親戚比起衛家人，盤算得要更多，時間也更久。

畢竟衛家就只能算計衛繁星一個人，紀家親戚卻是可以算計紀家所有人。

紀旲渲是武將軍，紀家親戚不敢打主意，可紀佩瑤他們幾個小的，紀家親戚沒少想要占些便宜。

尤其是衛繁星和紀旲渲在乾元城的時候，紀家親戚沒少往紀佩瑤他們面前湊。

不過礙於賀鳴洲這個總捕快，以及紀佩芙人在府衙後廚幹活，認識的也都是當官的……紀家親戚並不敢太過分就是了。

本來還想著只要他們不放棄，多多跟紀佩瑤他們來往，早晚能打動這幾個孩子的心。

哪想到紀佩芙突然就嫁進了知府大人家，而且還是知府大人的親姪子！

再然後，紀家一眾親戚就不敢輕舉妄動了。

等到如今衛繁星和紀旲渲回來鳳陽城，他們就越發不敢起旁的心思，就唯有躲在遠處不斷地懊悔。

衛家和紀家這些親戚的想法，衛繁星和紀旲渲都沒在意。即便知道，他們也不會放在心上。

於他們而言，與其將心思放在無關緊要的人身上，倒不如騰出精力好好過自己的小日子。

更別說，如今他們全家人難得團聚，更應該珍惜才是。

這麼幾年下來，紀家人也都各自有了自己的存銀，加之嫁人的嫁人，真正像現下這樣湊在一起的時光著實不多，也分外熱鬧。

如今紀佩琪、紀佩瑤都各自有了孩子，跟夫君琴瑟和鳴，過得很好。

紀佩芙嫁人後也過得輕鬆自在，不過暫時還沒喜訊。兩夫妻也不著急，巴不得再晚些要孩子。

按著紀佩芙的話來說就是，她的好日子還沒過夠呢！要是生了孩子，就要辛苦帶娃了。

對紀佩芙這般想法，紀佩琪和紀佩瑤勸過幾句。

在她們看來，生孩子是應該的，早生早省心；若是晚了，怕是會找來夫家的不喜。

衛繁星則是贊同紀佩芙的觀念。只要紀佩芙自己過得高興，何必太過執著在意外人的看法？日子是自己過的，又不是別人在過，完全可以不予理會。

紀佩芙知道，大家都是為了自己好。所以，紀佩琪和紀佩瑤勸她的話，哪怕她不怎麼愛聽，也沒亂發脾氣。

等得知衛繁星站在她這一邊後，紀佩芙總算是長長地鬆了口氣。得虧大嫂是個明事理的，要是連大嫂都勸她早點生孩子，她才要哭。

紀佩芙生不生孩子，紀昊渲這個大哥倒是沒有太過管教，而是直接交給衛繁星過問。衛繁星覺得好，那就是好；衛繁星覺得不好，那肯定就不好。

紀昊渲倒不是故意甩開責任不承擔，完全是因為他一個大男人，又常年身處軍營，實在不大了解姑娘家的心思和想法。

自家妹妹嬌嬌軟軟的，也沒吃過什麼苦頭。她們的心思，紀昊渲實在猜不到，也不想惹妹妹們傷心難過。

所以，由衛繁星這個大嫂出面，著實再好不過了。他對衛繁星從來都是再信任不過的。而事實證明，衛繁星也不曾讓他失望。有衛繁星在，紀昊渲真的能省不少的心和事。

既然回了鳳陽城，早先該走動的關係，肯定還是要乘機走動一下的。

雖然衛繁星之後不在鳳陽城生活，可紀佩瑤他們還在。無論如何，衛繁星自己的人脈都不能斷掉。

於是乎，糧站站長、總帳房、知府衙門的黃主簿等人，都又一次聚在了紀家。

不過比起之前，這一次還多了一個紀昊渲。至於賀鳴洲身為紀家的女婿，自然不會排除在外。

再就是紀佩芙嫁的夫君，知府大人的親姪子了。

如此一看，在座還都不是小人物。

說心裡話，糧站站長、總帳房他們沒有想過，自己還會再一次被邀請來紀家吃飯。

誰都知道，吃飯是假，繼續往日的交情是真。可他們也都很清楚，如今的他們，早已攀不上衛繁星這位平步青雲的大人了。

還有紀昊渲也是他們如今得罪不起的大人物，聖上親自封賞的將軍，又哪裡是他們能夠平起平坐的？

然而，衛繁星念舊情，依舊邀請了他們過來家裡。

想當然的，他們也都沒有推脫，高高興興地來了。

這一頓飯，大家依舊吃得很盡興，完全沒有因為身分之別就起了任何的嫌隙和波折。有的，只有彼此更加默認的交情。

自此，哪怕衛繁星人不在鳳陽城，他們紀家在鳳陽城的人脈和關係也特別地強，絲毫沒有因為時間流逝便漸漸淡忘。

哪怕之後，賀鳴洲帶著紀佩瑤離開鳳陽城，也依舊沒有影響到剩下的紀佩芙他們的日子。

賀鳴洲在鳳陽城任職期滿後，被升調回乾元城，直接入職大理寺，受封為官。

紀佩瑤則是平調，從鳳陽城糧站調入乾元城糧站，工作崗位不變，月錢倒是隨著工作年限增長，稍稍升了一級。

這個時候的紀彥宇已經順利考中舉人，正在準備會試。不出意外，他日後也能留任乾元城。

而紀佩芙自從入職戶部，她的夫家人也開始往乾元城搬遷，如今小夫妻兩人都在乾元城，過得風生水起。

於是抵達乾元城的紀家人，就越來越多了。

而留在鳳陽城的紀佩琪兩口子，工作都有了變動。新的活計不是那麼地累，工錢卻是不少，足以讓他們這個小家安居樂業，不愁吃穿。

至於紀彥坤，一心想著能在鳳陽城府衙做出一番事業，早晚也能憑藉自己的本事升遷到乾元城去。

毫無疑問，紀彥坤走得就是賀鳴洲的路了。

衛繁星覺得挺好的。賀鳴洲身後有賀家人在，故而升遷之路沒有受到旁人惡意阻攔，紀彥坤如今不也是如此？

只要紀彥坤確實有真本事，他們這些當哥哥嫂嫂、姊姊姊夫的，誰會眼睜睜看著紀彥坤吃苦？

所以衛繁星堅決相信，終有一日，他們紀家人也能在乾元城團聚。其中，就包括紀佩琪一家人。

只不過，乾元城的工作比鳳陽城還要更可遇不可求罷了。好在他們有的是耐心，也並不急著非要立馬在乾元城找到活計，慢慢來就是，機會總是留給有準備的人麼！

等到紀彥宇一路過關斬將，拿下狀元之名的時候，紀佩琪和吳伊川的工作也都調動來到了乾元城。

待到這個時候，就只留下了紀彥坤在鳳陽城。

起初紀昊渲還想著，也把紀彥坤調過來。大理寺這種地方肯定不好進，但是乾元城近郊的軍營肯定能進得去。

反正有他這個大哥在，肯定不會讓紀彥坤這個弟弟吃虧。

然而，紀彥坤拒絕了。

他想要憑靠自己的能力闖進乾元城，就像大哥大嫂那般有本事，不給家裡人增添麻煩和負擔，反而還會以自己為榮。

對於紀彥坤的這般想法，衛繁星是百分之百支持的。

孩子們長大了，有自己的主見了，就合該活得恣意而瀟灑。退一步地講，哪怕紀彥坤最終沒有來到乾元城，留在鳳陽城也沒什麼不好。

再者，若日後紀彥坤忽然想要來乾元城了，他們再使勁也不是不可以的。

說到底，還是以紀彥坤自己的想法為主。

事實證明，紀彥坤是個說到做到的。數年磨礪，他最終成功地調任大理寺，再度成為了賀鳴洲的同僚。

不過這個時候的賀鳴洲，已然是大理寺少卿，再度成為了紀彥坤的上級。

如此，紀家所有人都來到乾元城，成為了外人眼中的人上人。

比起當「人上人」，衛繁星肯定還是更在意自家人是否真的過得和樂。倘若在乾元城過得不開心，哪怕這裡是乾元朝的皇城，也沒什麼值得留戀的。

最起碼，衛繁星是這樣想的。

其實，紀家其他人也都是一樣的態度。他們是真心想要一家人團聚，但也沒想過要委屈自己。

畢竟他們心裡比誰都更清楚，他們自己過得不好，家人們也都會跟著擔心，反而得不償失，也委實沒有這個必要。

好在他們確實沒有委屈自己，在乾元城也過得很知足常樂。相對應地，就沒什麼可遺憾和惋惜的了。

衛家人和紀家一眾親戚都沒有想到，衛繁星和紀昊渲他們幾兄妹竟然說搬去乾元城，就搬去了。而且一搬走就再也沒有回頭，徹徹底底地離他們遠遠的了。

這個時候再回想他們當初的嫌棄和避而遠之，就像是天大的笑話，時時刻刻在嘲諷他們自己。

早知道衛繁星這個女兒能有這麼大的造化，衛家人當初怎麼可能會直接搶走衛繁星的工作，又徹底跟衛繁星斷絕了來往？

可再一想想，要是他們沒有搶走衛繁星的活計，衛繁星也不可能去參加會計的考試，自然也沒有了之後這天大的造化，不是嗎？

換個角度仔細琢磨琢磨，衛繁星能有今時今日，他們也不是沒有絲毫功勞的。衛繁星又何必如此狠心絕情，連自己的親爹親娘親哥哥都不認了呢？

第六十八章

衛家人的這些想法，衛繁星並不知道，也並不想知曉。

哪怕她知道了，也並不會當一回事。

於她，對衛家人實在沒有多的念想，也並不打算再有過多的交集。不管以後衛家的誰來找她，都是一樣的結果。

自然而然，衛家人後悔也好，生氣也罷，對她沒有絲毫影響。她只需要過好自己的日子，就夠了。

學著衛繁星的處事法子，紀佩瑤他們對待紀家一眾親戚也是如此，從未心軟，也不想過多理睬。

沒有所謂的報復，也沒有任何的落井下石。紀家一眾親戚過得再好，他們不會試圖去沾丁點的光。

反之，紀家那些親戚過得不是那麼好，他們也不會冷嘲熱諷，借以彰顯他們自己是如何地厲害。

現下的他們，學會了自我滿足和安穩，只在意身邊最親的家人，全然不想再去回憶當初那些不開心的過往。

尤其是那些傷害過他們的人，更無須被他們記住。

當然，這並不意味著，紀佩瑤他們就不記事，不記恩。

對衛繁星這個大嫂當初為這個家所做的一切，他們就都記得，從來不會忘懷。

身在其中的他們比誰都更清楚地知道，若沒有衛繁星，肯定不會有如今的他們。哪怕所有人都不記衛繁星這個大嫂的恩，他們也必須牢記在心，時刻念著。

等到紀彥宇和紀彥坤也都成親了，依然是如此。

這個時候的紀彥宇已經順利科考為官，入了朝廷，是正式的官員了。

雖然官職尚且算不得高，但他也還年輕，一切都才剛開始，完全不著急。

至於紀彥坤，也在成為鳳陽城總捕快之後的兩年後，如償所願地調任乾元城。

毫不誇張地說，紀彥坤這般升遷調任的速度，比賀鳴洲這個親姊夫還要快。

不過紀彥坤是特例，跟賀鳴洲走的流程並不盡相同，倒也無可厚非。

畢竟紀彥坤被招入鳳陽城府衙的時間本來就早，這麼多年，他也幹了無數實事，對得起自己的升遷，無從詬病。

紀佩琪沒有想到，有朝一日他們全家還能在乾元城聚齊，而且每個都有自己的活計，完全不需要依附任何人，亦過得紅紅火火。

這樣的日子，是曾經下鄉十年的她完全不敢想像的。
那十年是真的苦，也是真的難熬。
好多跟她一起下鄉，或者之前之後下鄉的青郎君和青娘子，最終都選擇在當地成親，既是想要減輕每日不得不幹農活的辛苦重擔，也是無可奈何的妥協。
紀佩琪卻是從始至終都沒有想過要妥協。
哪怕日子再苦，只要一想到日後還能回家團聚，她就堅持得住。
至於嫁給吳伊川，反倒是意外。
不過，這事是她情感上的意外，卻並非低頭和妥協。
而之後，吳伊川願意跟著她一起來到鳳陽城、再到乾元城，無不證明，自己的選擇沒有錯。
如今的她，很幸福，也很知足。
吳伊川自己又何嘗不是如此想法？
當年初次見到紀佩琪，他就心動了。但是他出身不好，家裡又窮，自然是不敢高攀紀佩琪，也沒想過真的要娶紀佩琪回家。
十年堅守，他親眼見證了紀佩琪的辛苦和堅韌，對這樣的女子自然就更上心和放不下。
當初知道紀佩琪家裡出事，吳伊川比誰都著急。他很想要幫紀佩琪一些忙，偏偏自己又真的做不到什麼。

一度吳伊川很慚愧，差一點就要放棄了。

太過無能的他，根本不配守護紀佩琪，也根本幫不上紀佩琪。

好在之後種種，轉機再現，他總歸是幸運的，抱到了美人歸。

此外的其他事情，之於吳伊川，不再重要。他一切都以紀佩琪為重，凡事都一心一意地圍繞著紀佩琪轉。

想當然，紀佩琪想要回鳳陽城，他跟著；紀佩琪想要來乾元城，他也陪著，沒有任何怨言，也沒有絲毫的異議。

事實上，吳伊川自己也確實過得很開心，每日心裡都漲得滿滿的。他真心感激紀佩琪願意選擇自己這個歸宿，也真心感激紀家人對他的接納。

尤其是衛繁星這個大嫂，當仁不讓地成為了吳伊川最感激也最敬佩的人。

毫不誇張地說，衛繁星可以算得上是吳伊川見過最厲害的人了，是真正意義上的厲害，撇開家世和背景、靠山之外的厲害。

紀佩瑤和紀佩芙也覺得自家大嫂很厲害，不管是遇到再大的難處，只要有衛繁星在，她們都不怕。

哪怕如今她們各自都成了家，已經開始學著獨立面對生活，真遇到了難處，率先想到的還是衛繁星。

可以說，衛繁星已然成為了她們精神上的寄託，最是信任的存在。

在這一點上，哪怕是紀昊渲這個大哥，都要往後排一排的。

比起紀佩瑤和紀佩芙，紀彥宇和紀彥坤兩個男孩子當然沒有那麼感性。

但很多話語不說出口，不代表就不記得，也不代表他們就不重視。

只看他們娶妻的時候，必須要先得到衛繁星這個大嫂的認可，就知道他們是何其地看重衛繁星了。

說起此事，衛繁星差點沒罵人。

她是這兩個弟弟的大嫂沒錯，可她的性子哪裡像是長嫂如母了？她明明就是什麼事情都不愛操心的鹹魚一條。紀彥宇和紀彥坤娶媳婦，難道不該找紀佩琪她們三個姊姊親自過目，做什麼非要她來掌眼？

在衛繁星眼裡，幫人相看親事，可比規定時間內必須加急連算幾十本帳本都要更辛苦和麻煩。

萬一她就看走了眼，那可怎麼辦？萬一紀彥宇和紀彥坤喜歡的姑娘，就偏偏她不喜歡呢？

衛繁星自己人知道自己事。她某些方面其實很挑剔，也太過小肚雞腸，明明人家姑娘不錯，她也有可能會不喜歡。這單純是個人愛好了，並非人家姑娘的錯。

本來衛繁星還想著，弟弟妹妹們都長大了，不管他們嫁給誰或者迎娶誰，只要他們自己喜歡就行，她不干涉。實在相處不來，她以後盡可能地避免往來即可，又省心又省事。

哪想到紀彥宇和紀彥坤兩個小子，比紀佩琪三個姑娘還要更麻煩，直接就把人領到她的面前，不客氣地丟下一句話：她看上了，就迎娶。

這話說的，合著她看不上，這兩個小子寧願當負心漢了？但凡兩個小的真要是這樣幹了，衛繁星才要好好地收拾收拾他們。

好在紀彥宇和紀彥坤的眼光都不錯，他們喜歡的姑娘也恰好就入了衛繁星的眼。之後，這麼多年的往來和相處，大致都是很融洽的，並未發生太多的矛盾，也沒有生出多的隔閡和嫌隙。

總而言之，衛繁星對自己的現狀很滿意，對紀家人也都挺歡喜的。

儘管這個家多了不少新的夥伴，但都是只來不走。毫無疑問就更熱鬧了，挺好的。

說起來，紀昊渲才是最感激衛繁星的那個人。

他萬萬沒有想到，當初不過是起心想要幫幫衛繁星，最終卻變成了衛繁星幫他們整個紀家。

紀昊渲甚至完全不敢想像，若沒有衛繁星，如今的紀家會變成什麼模樣。應該還是會跟他當初匆忙趕回鳳陽城時看到的那樣，無助又混亂吧！

弟弟妹妹們都還太小，身邊又沒有信得過的長輩可以依靠，就只能自己野蠻生長。活著就是唯一的信念，其他的根本不敢強求，也不敢奢望。

還有紀璃洛和紀暮白這兩個小的，一直跟在衛繁星的身邊，如今也被教養得很好。

但是若沒有衛繁星，這兩個孩子又將怎樣？會不會早就被余家人強行帶走了？會不會如今再也不能留在紀家？

真要是這兩個孩子出了什麼意外，紀昊渲真的愧疚，也無顏面對早逝的紀昊辰，更愧對爹娘自幼對他的教導和囑託。

感恩衛繁星的善良，也感恩衛繁星的強大，幫他守住了所有的家人。

都說時間是最好的證明，不管是衛繁星還是紀家人，在之後的很多年裡，經歷世事變化，卻始終沒有改變他們彼此的依賴和親近。

紀家人沒有變，衛繁星也沒有變。

於紀家人而言，這是理所當然的。對衛繁星而言，卻是實打實的慶幸。

她一度是不那麼相信人的，來到這陌生的朝代，也不是沒有遲疑過，想著隨隨便便地混混日子，只要自己過得安穩，其他人都無所謂。

紀家人對她而言，其實是意外。這個意外的結果最終是好是壞，衛繁星從未預想過。

好在紀家人回饋她的，是好的結果。她無須失望，也無須懊悔過往的選擇和決定。

雖然是陌生的朝代，但衛繁星漸漸開始有了安定感，也有了歸屬感。

待到他朝閉眼離世，她可以很驕傲地說，她很幸福，也很滿足。她無愧任何人，也做完了她想要做的所有事情。

而今現下的每一刻，之於她，歲月靜好，美滿如斯。

人生至此，她甘之如飴。

——全書完

2024年1月出版

藥堂營業中

文創風 1224～1226

在末世橫著走的異能者，穿越成破落農家的孤女，
帶著兩個年幼的弟妹，還得防著惡鄰來欺壓，簡直自屬性疊加……
崩壞的末世她都能活下去了，古代生活應該也沒那麼難吧？
摘摘草藥，煉煉藥材，救人又能賺錢，這新人生才正要精彩！

細火慢熬，絲絲入扣／朝夕池

手擁火系異能，瀟箬憑藉著堅強實力，在末世殺出一條血路。
為了守護手中擁有的機密，最終卻落入叛軍手中……
沒想到睜開眼卻不是想像中的地獄，而是穿越到破落農戶家裡，
父母雙亡，還有一對年幼的雙胞胎弟妹等著她拉拔長大。
只是她下田不行，煮飯不會，加上如今這細胳膊細腿的小身板，
上山採野菜、摘野果，挖坑抓兔子，就累得差點去了半條命，
結果兔子沒逮著，卻撿到了個活生生的人……
這怎麼看，好像都是她坑了他，害他跌破頭、摔斷腿的？
為了表示負責，也只能把這眼神好像小狗崽的少年帶回家養，
她替失去記憶的他取了一個新名字——林荀，
從今以後他們就是一家四口，要一起努力活下去。
為了求醫，瀟箬拖家帶口到鎮上藥堂打工換宿，
憑藉對炮藥火候的精準掌控，讓藥堂生意蒸蒸日上，
在小小的鋪子裡，她實踐了讓家人過上好日子的承諾！

2023年12月出版

夫君別作妖

文創風 1217～1219

縱使枕邊人未來會是權傾天下的冢宰，
但是作為書中反派就註定沒有好下場。
讀過原著的她知道投奔主角陣營才能改變宿命，
無奈身為短命炮灰妻，光是保住自個兒小命就是個大難題～～

反派要轉正，人生逆轉勝／霧雪燼

在公堂上，面對原主留下「與人私奔、謀殺親夫」的爛攤子，
只能說自己實在不怎麼走運，一朝穿書就成為反派權臣的惡毒正妻，
這人設也是一絕，一來不孝順公婆，二來不服侍丈夫，三來專橫跋扈。
李姝色心中無語問蒼天，只能跪著抱住沈峭的大腿，聲淚俱下地道：
「夫君，我錯了！我以後再也不敢忤逆你了！一定好好伺候你！」
雖說她急中生智從死局中找到出路，但後面還有個大劫正等著她——
按原書劇情發展，秀才沈峭高中狀元後，就要尚公主，殺糟糠妻了！
為了給自己留條活路，她平時努力當賢妻與枕邊人搞好關係，
本想著日後他平步青雲，當上駙馬能高抬貴手給一紙和離書好聚好散，
孰料，這年頭還有公主流落民間的戲碼，而這反派女配角不是別人，
正是在村中與她結怨、覬覦她丈夫許久的鄰女張素素！
如今死對頭當前，她這元配即使想騰位置出來，人家也未必肯放過她啊，
那不如引導夫君走上正道，抱對主角大腿，再怎麼樣下場也不會差了去～～

2023年12月出版

村裡來了女廚神

文創風 1215～1216

只要花點心思，小本經營也能成就大事業！
拿不出一大筆錢做生意根本沒什麼大不了的，
看她展現二十一世紀的思維，在古代餐飲市場引發一場革命……

恬淡暖心描繪專家／予恬

穿越到一個五穀不分、被當成膿包的女人身上，
宋寧真的是不知道該感謝老天仁慈，讓她有機會重活一回，
還是埋怨上蒼實在對她太殘忍，竟要在別人厭惡的眼光中生活。
也罷，既來之則安之，既然回不了現代，
不如老老實實當她的農家媳婦，順便做點吃食買賣補貼家用，
瞧她轉轉腦、動動手，白花花的銀子就飛進口袋啦！
只是生意雖然做得風生水起，宋寧卻始終猜不透丈夫的心，
畢竟他們兩個人不過是奉父母之命成親，
像杜蘅這般外貌、身材跟頭腦皆屬頂尖又知書達禮的男子，
真的願意跟她這平凡無奇的女子廝守一生嗎？

娘子安寧，閨房太平／途圖

2024年1月出版

小虎妻智求多福

她的婚事是不能輸的賭注，押錯寶都得贏，
且夫妻同船而渡，她絕不允許這條船翻了！
既嫁之則安之，以後請夫君多多指教嘍～～

文創風 1220 1

為讓東宮成為家人的靠山，寧晚晴決定嫁給草包太子趙霄恒，
孰料備嫁時又起風波，前世身為律師的她連上山燒香都能遇到案件，
她當場戳穿神棍騙局，再搬出太子的名號，將犯人送官嚴辦！
這些大快人心的事全傳到趙霄恒耳裡，他挑著眉問她一句——
「還沒入東宮就學會拉孤墊背，以後豈不是要日日為妳善後？」
趙霄恒不呆耶！她幫百姓主持公道，他替她撐腰豈不是剛剛好～～

文創風 1221 2

嫁進東宮後，寧晚晴迎來春日祭典最重要的親蠶節，
她奉命依古禮採桑餵蠶，代表吉兆的蠶王卻被毒死在祭臺上。
幸好趙霄恒及時請來長公主鎮場，助她揪出幕後黑手，才還她清白。
他分明是稀世之才，又穩坐太子之位，為何要偽裝成草包度日？
接下來，因趙霄恒改革會試的提議擋人財路，禮部尚書率眾鬧上東宮，
不過身為賢內助的她沒在怕的，當然要陪著夫君好好收拾這些貪官啦！

文創風 1222 3

「別的人，孤都可以不管。但妳，不一樣。」
趙霄恒的偽裝和隱忍，是想暗暗查清當年毀掉外祖宋家的冤案，
她豈能任他獨自涉險？兩人抽絲剝繭下，真相即將水落石出，
但一道難題又從天而降——皇帝公爹要太子削去當朝太尉的兵權！
寧晚晴滿頭黑線，太尉跟此案亦有牽連，這差事可是燙手山芋，
而且皇帝公公只傳口諭，連聖旨都不肯頒，如何讓太尉乖乖就範呢？

文創風 1223 4 完

朝堂之事塵埃落定，可寧晚晴和趙霄恒的閨房不太平了——
「妳不能一生氣就離宮！妳走了，孤怎麼辦？」
她只是要回娘家探親，忙於政務的他居然以為她是負氣出走，
這誤會大了，可他的在意讓她心中泛甜，他在的地方才是她的家。
但北僚來使又讓大靖陷入不安，還要求長公主和親換取休戰，
北僚狼子野心，這婚約分明是個坑，他倆要怎麼替長公主解圍啊……

文創風 1228

長嫂好會算 下

國家圖書館出版品預行編目資料

長嫂好會算 / 藍輕雪著. --
初版. -- 臺北市 : 狗屋出版社有限公司, 2024.01
冊 ; 公分. --（文創風 ; 1227-1228）
ISBN 978-986-509-482-9（下冊 : 平裝）. --

857.7　　112020313

著作者　藍輕雪
編輯　張蕙芸
校對　陳依伶
發行所　狗屋出版社有限公司
地址　台北市104中山區龍江路71巷15號1樓
電話　02-2776-5889～0
發行字號　局版台業字845號
法律顧問　蕭雄淋律師
總經銷　知遠文化事業有限公司
電話　02-2664-8800
初版　2024年1月
國際書碼　ISBN-13　978-986-509-482-9

本著作物由北京晉江原創網絡科技有限公司授權出版

定價280元
狗屋劃撥帳號：19001626
網址：love.doghouse.com.tw　E-mail：love@doghouse.com.tw